遇见你·遇见不变的纯真

遇见你
是我此生最幸运的事

萧红 著

天津出版传媒集团
天津人民出版社

图书在版编目（CIP）数据

遇见你，遇见不变的纯真 / 萧红著 . -- 天津：天津人民出版社，2016.12（2019.1 重印）
　ISBN 978-7-201-10905-3

Ⅰ . ①遇… Ⅱ . ①萧… Ⅲ . ①散文集 – 中国 – 现代②小说集 – 中国 – 现代 Ⅳ . ① I216.2

中国版本图书馆 CIP 数据核字 (2016) 第 241185 号

遇见你，遇见不变的纯真
YU JIAN NI，YU JIAN BU BIAN DE CHUN ZHEN
萧　红 著

出　　　版	天津人民出版社
出 版 人	黄　沛
地　　　址	天津市和平区西康路 35 号康岳大厦
邮政编码	300051
邮购电话	（022）2332469
网　　　址	http://www.tjrmcbs.com
电子信箱	tjrmcbs@123.com
责任编辑	张作稳
装帧设计	吴黛君
制版印刷	北京市松源印刷有限公司
经　　　销	新华书店
开　　　本	620×889 毫米　1/16
印　　　张	13
字　　　数	98 千字
版次印次	2016 年 12 月第 1 版　2019 年 1 月第 2 次印刷
定　　　价	49.00 元

版权所有　侵权必究
图书如出现印装质量问题，请致电联系调换（022-23332469）

代序　风雨中忆萧红　　　　　　　　1

第壹章

早醒叛逆的童年

永久的憧憬和追求	三
蹲在洋车上	四
烦扰的一日	一〇
镀金的学说	一四
感情的碎片	二〇
祖父死了的时候	二二
索非亚的愁苦	二五
过　夜	三二
初　冬	三七
林小二	四〇

第贰章

相逢患难共命行

破落之街	四七
欧罗巴旅馆	五〇
雪　天	五三
家庭教师	五六
提篮者	六一
饿	六三
他的上唇挂霜了	六八
当　铺	七一
买皮帽	七三
广告员的梦想	七五
新　识	八〇
十元钞票	八二
同命运的小鱼	八五
几个欢快的日子	八九

女教师	九三
春意挂上了树梢	九六
小偷、车夫和老头	九八
公　园	一〇〇
夏　夜	一〇二
册　子	一〇六
剧　团	一一〇
又是冬天	一一三
门前的黑影	一一六
一个南方的姑娘	一一八
患　病	一二一
十三天	一二四
拍卖家具	一二六
最后一个星期	一二七

第叁章

明灭浮生动荡中

在东京	一三三
回忆鲁迅先生	一三七
一九二九底愚昧	一七二
无　题	一七八
放火者	一八一
牙粉医病法	一八六
滑　竿	一八九
失眠之夜	一九三

代序　风雨中忆萧红

丁　玲

本来就没有什么地方可去，一下雨便更觉得闷在窑洞里的日子太长。要是有更大的风雨也好，要是有更汹涌的河水也好，可是仿佛要来一阵骇人的风雨似的，那么一块肮脏的云成天盖在头上，水声也是那么不断地哗啦哗啦在耳旁响，微微地下着一点看不见的细雨，打湿了地面，那轻柔的柳絮和蒲公英都飘舞不起而沾在泥土上了。这会使人有遐想，想到随风而倒的桃李，在风雨中更迅速迸出的苞芽。即使是很小的风雨或浪潮，都更能显出百物的凋谢和生长、丑陋或美丽。

世界上什么是最可怕的呢？决不是艰难险阻，决不是洪水猛兽，也决不是荒凉寂寞，而难于忍耐的却是阴沉和絮聒。人的伟大也不是能乘风而起，青云直上，也不只是能抵抗横逆之来，而是能在阴霾的气压下，打开局面，指示光明。

时代已经非复少年时代了，谁还有悠闲的心情在闷人的风雨中煮酒烹茶与琴诗为侣呢？或者是温习着一些细腻的情致，重读着那些曾经被迷醉过、被感动过的小说，或者低回冥思那些天涯的故人？流着一点温柔的泪，那些天真、那些纯洁、那些无疵的赤子之心，那些轻微的感伤，那些精神上的享受都飞逝了，早已飞逝得找不到影子了。这个飞逝得很好，但现在是什么呢？是听着不断的水的絮聒，看着脏布也似的云块，痛感着阴霾，连寂寞的宁静也没有，然而却需要阿底拉斯的力背负着宇宙的时代所给予的创伤，毫不动摇地存在着，存在便是一种大声疾呼，便是一种骄傲，便是给絮聒以回答。

然而我决不会麻木的，我的头成天膨胀得要爆炸，它装得太多，需要呕吐。于是我写着，在白天，在夜晚，有关节炎的手臂因为放在桌子上太久而疼痛，患沙眼的眼睛因为在微小的灯光下而模糊。但幸好并没有激动，也没有感慨，我不缺乏冷静，而且很富有宽恕，我很愉快，因为我感到我身体内有东西在冲撞；它支持了我的疲倦，它使我会看到将来，它使我跨过现在，它会使我更冷静，它包括了真理和智慧，它是我生命中的力量，比少年时代的那种无愁的青春更可爱啊！

但我仍会想起天涯的故人的，那些死去的或是正受着难的。前天我想起了雪峰，在我的知友中他是最没有自己的。他工作着，他一切为了党，他受过埋怨，然而他没有感伤，他对名誉和地位是那样地无睹，那样不会趋炎附势，培植党羽，装腔作势，投机取巧。昨天我又苦苦地想起秋白，在政治生活中过了那么久，却还不能彻底地变更自己，他那种二重的生活使他在临死时还不能免于有所申诉。我常常责怪他申诉的"多余"，然而当我去体味他内心的战斗历史时，却也不能不感动，哪怕那在整体中，是很渺小的。今天我想起了刚逝世不久的萧红，明天，我也许会想到更多的谁，人人都与这社会有关系，因为这社会，我更不能忘怀于一切了。

萧红和我认识的时候，是在一九三八年春初。那时山西还很冷，很久生活在军旅之中，习惯于粗犷的我，骤睹着她的苍白的脸，紧紧闭着的嘴唇，敏捷的动作和神经质的笑声，使我觉得很特别，而唤起许多回忆，但她的说话是很自然而真率的。我很奇怪作为一个作家的她，为什么会那样少于世故，大概女人都容易保有纯洁和幻想，或者也就同时显得有些稚嫩和软弱的缘故吧。但我们都很亲切，彼此并不感觉到有什么孤僻的性格。我们尽情地在一块儿唱歌，每夜谈到很晚才睡觉。当然我们之中在思想上，在感情上，在性格上都不是没有差异，然而彼此都能理解，并不会因为不同意见或不同嗜好而争吵，而揶揄。接着是她随同我们一道去西安，我们在西安住完了一个春天。我们痛饮过，我们也同度过风雨之夕，我们也互相倾诉。然而现在想来，我们谈得是多么的少啊！我们似乎从没有一次谈到过自己，尤其是我。然而我却以为她从没有一句话是失去了自己的，因为我们实在都太真实，太爱在朋友的面前赤裸自己的精神，因为我们又实在觉得是很亲近的。但我仍会觉得我们是谈得太少的，因为，像这样的能无妨嫌、无拘束、不须警惕着谈话的对手是太少了啊！

那时候我很希望她能来延安，平静地住一时期之后而致全力于著作。抗战开始后，短时期的劳累奔波似乎使她感到不知在什么地方能安排生活。她或许比我适于幽美平静。延安虽不够作为一个写作的百年长计之处，然在抗战中，的确可以使一个人少顾虑于日常琐碎，而策划于较远大的。并且这里有一种朝气，或者会使她能更健康些。但萧红却南去了。至今我还很后悔那时我对于她生活方式所参与的意见是太少了，这或许由于我们相交太浅，和我的生活方式离她太远的缘故，但徒劳的热情虽然常常于事无补，然在个人仍可得到一种心安。

我们分手后，就没有通过一封信。端木曾来过几次信，在最后的一封信上（香港失陷约一星期前收到）告诉我，萧红因病始由皇后医院迁出。不知为什么我就有一种预感，觉得有种可怕的东西会来似的。有一次我同白朗说："萧红决不会长寿的。"当我说这话的时候，我是曾把眼睛扫遍了中国我所认识的或知道的女性朋友，而感到一种无言的寂寞。能够耐苦的，不依赖于别的力量，有才智、有气节而从事于写作的女友，是如此其寥寥啊！

不幸的是我的杞忧竟成了现实，当我昂头望着天的那边，或低头细数脚底的泥沙，我都不能压制我丧去一个真实的同伴的叹息。在这样的世界中生活下去，多一个真实的同伴，便多一分力量，我们的责任还不只在于打开局面，指示光明，而且还要创造光明和美丽；人的灵魂假如只能拘泥于个体的褊狭之中，便只能陶醉于自我的小小成就。我们要使所有的人都能有崇高的享受，和为这享受而作出伟大牺牲。

生在现在的这世界上，活着固然能给整个事业添一分力量，而死对于自己也是莫大的损失。因为这世界上有的是戮尸的遗法，从此你的话语和文学将更被歪曲、被侮辱；听说连未死的胡风都有人证明他是汉奸，那么对于已死的人，当然更不必贿买这种无耻的人证了。鲁迅先生的"阿Q"曾被那批御用文人歪曲地诠释，那么《生死场》的命运也就难免于这种灾难。在活着的时候，你不能不被逼走到香港；死去，却还有各种污蔑在等着；而你还不会知道，那些与你一起的脱险回国的朋友们还将有被监视和被处分的前途。我完全不懂得到底要把这批人逼到什么地步才算够？猫在吃老鼠之前，必先玩弄它以娱乐自己的得意。这种残酷是比一切屠戮都更恶毒、更需要毁灭的。

只要我活着，朋友的死耗一定将陆续地压住我沉闷的呼吸。尤其是在这风雨的日子里，我会更感到我的重荷。我的工作已经够消磨我的一生，何况再加上你们的屈死和你们未完的事业，但我一定可以支持下去的。我要借这风雨寄语你们——死去的、未死的朋友们，我将压榨我生命所有的余剩，为着你们的安慰和光荣。哪怕就仅仅为着你们也好，因为你们是受苦难的劳动者，你们的理想就是真理。

风雨已停，蒙蒙的月亮浮在西边的山头上，明天将有一个晴天。我为着明天的胜利而微笑，为着永生而休息。我吹熄了灯，平静地躺到床上。

第壹章

早醒叛逆的童年

我懂得的尽是些偏僻的人生，我想世间尽是些就没有再同情我的人了，世间死了祖父，剩下的尽是些凶残的人了。

月圆的时候,
可以看到;
月弯的时候,
也可以看到。
但人的灵魂的偏缺,
却永远也看不到。

————萧红

永久的憧憬和追求

一九一一年,在一个小县城里边,我生在一个小地主的家里。那县城差不多就是中国的最东最北部——黑龙江省,所以一年之中,倒有四个月飘着白雪。

父亲常常为着贪婪而失掉了人性。他对待仆人,对待自己的儿女,以及对待我的祖父都是同样的吝啬而疏远,甚至于无情。

有一次,为着房屋租金的事情,父亲把房客的全套的马车赶了过来。房客的家属们哭着诉说着,向我的祖父跪了下来,于是祖父把两匹棕色的马从车上解下来还了回去。

为着这两匹马,父亲向祖父起着终夜的争吵。"两匹马,咱们是算不了什么的,穷人,这马就是命根。"祖父这样说着,而父亲还是争吵。九岁时,母亲死去。父亲也就更变了样,偶然打碎了一只杯子,他就要骂到使人发抖的程度。后来就连父亲的眼睛也转了弯,每从他的身边经过,我就像自己的身上生了针刺一样;他斜视着你,他那高傲的眼光从鼻梁经过嘴角而后往下流着。

所以每每在大雪中的黄昏里,围着暖炉,围着祖父,听着祖父读着诗篇,看着祖父读着诗篇时微红的嘴唇。

父亲打了我的时候,我就在祖父的房里,一直面向着窗子,从黄昏到深夜——窗外的白雪，好像白棉花一样飘着；而暖炉上水壶的盖子，则像伴奏的乐器似的振动着。

祖父时时把多纹的两手放在我的肩上，而后又放在我的头上，我的耳边便响着这样的声音：

"快快长吧！长大就好了。"

二十岁那年，我就逃出了父亲的家庭。直到现在还是过着流浪的生活。

"长大"是"长大"了，而没有"好"。

可是从祖父那里，知道了人生除掉了冰冷和憎恶而外，还有温暖和爱。

所以我就向这"温暖"和"爱"的方面，怀着永久的憧憬和追求。

蹲在洋车上

看到了乡巴佬坐洋车，忽然想起一个童年的故事。

当我还是小孩的时候，祖母常常进街。我们并不住在城外，只是离市镇较偏的地方罢了！有一天，祖母又要进街，命令我：

"叫你妈妈把斗风给我拿来！"

那时因为我过于娇惯，把舌头故意缩短一些，叫"斗篷"作"斗风"，所以祖母学着我，把"风"字拖得很长。

她知道我最爱惜皮球，每次进街的时候，她问我：

"你要些什么呢？"

"我要皮球。"

"你要多大的呢？"

"我要这样大的。"

我赶快把手臂拱向两面，好像张着的鹰的翅膀。大家都笑了！祖父轻动着嘴唇，好像要骂我一些什么话，因我的小小的姿势感动了他。

祖母的斗篷消失在高烟囱的背后。

等她回来的时候，什么皮球也没带给我，可是我也不追问一声：

"我的皮球呢？"

因为每次她也不带给我，下次祖母再上街的时候，我仍说是要皮球。我是说惯了，我是熟练而惯于作那种姿势。

祖母上街尽是坐马车回来，今天却不是，她睡在仿佛是小槽子里，大概是槽子装置了两个大车轮。非常轻快，雁似的从大门口飞来，一直到房门。在前面挽着的那个人，把祖母停下。我站在玻璃窗里，小小的心灵上，有无限的奇秘冲击着。我以为祖母不会从那里头走出来，我想祖母为什么要被装进槽子里呢？我渐渐惊怕起来，我完全成个呆气的孩子，把头盖顶住玻璃，想尽方法理解我所不能理解的那个从来没有见过的槽子。

很快我领会了！见祖母从口袋里拿钱给那个人，并且祖母非常兴奋，她说叫着，斗篷几乎从她的肩上脱溜下去！

"呵！今天我坐着东洋驴子回来的，那是过于安稳呀！还是头一次呢，我坐过安稳的车子！"

祖父在街上也看见过人们所呼叫的东洋驴子，妈妈也没有奇怪。只是我，仍旧头皮顶撞在玻璃那儿，我眼看那个驴子从门口飘飘地不见了！我的心魂被引了去。

等我离开窗子，祖母的斗篷已是脱在炕的中央，她嘴里叨叨地讲着她街上所见的新闻。可是我没有留心听，就是给我吃什么糖果之类，我也不会留心吃，只是那样的车子太吸引我了！太捉住我小小的心灵了！

夜晚在灯光里，我们的邻居，刘三奶奶摇闪着走来，我知道又是找祖母来谈天的。所以我稳当当地占了一个位置在桌边。于是我咬起嘴唇来，仿佛大人样能了解一切话语，祖母又讲关于街上所见的新闻，我用心听，我十分费力！

"……那是可笑，真好笑呢！一切人站下瞧，可是那个乡巴佬还是不知道笑自己，拉车的回头才知道乡巴佬是蹲在车子前放脚的地方，拉车的问：'你为什么蹲在这地方？'乡巴佬说他怕拉车的过于吃力，蹲着不是比坐着强吗？比坐在那里不是轻吗？所以没敢坐下……"

邻居的三奶奶，笑得几个残齿完全摆在外面，我也笑了！祖母还说，她感到这个乡巴佬难以形容，她的态度，她用的一切字眼儿，都是引人发笑。

"后来那个乡巴佬，你说怎么样！他从车上跳下来，拉车的问他为什么跳？他说：'若是蹲着吗？那还行。坐着，我实在没有那样的钱。'拉车的说：'坐着，我不多要钱。'那个乡巴佬到底不信这话，从车上搬下他的零碎东西，走了。他走了！"

我听得懂，我觉得费力，我问祖母：

"你说的，那是什么驴子？"

她不懂我的半句话，拍了我的头一下，当时我真是不能记住那样繁复的名词。过了几天祖母又上街，又是坐驴子回来的，我的心里渐渐羡慕祖母，也想要坐驴子。

过了两年，六岁了！我的聪明，也许是我的年岁吧！支持着我使我愈见讨厌我那个皮球，那真是太小，而又太旧了；我不能喜欢黑脸皮球，我爱上邻家孩子手里那个大的；买皮球，好像我的志愿，一天比一天坚决起来。

向祖母说，她答："过几天买吧，你先玩这个吧！"

又向祖父请求，他答："这个还不是很好吗？不是没有出气吗？"

我得知他们的意思是说旧皮球还没有破，不能买新的。于是把皮球在脚下用力捣毁它，任是怎样捣毁，皮球仍是很圆，很鼓，后来到祖父面前让他替我踏破！祖父变了脸色，像是要打我，我跑开了！

从此，我每天表示不满意的样子。

终于一天晴朗的夏日，戴起小草帽来，自己出街去买皮球了！朝向母亲曾领我到过的那家铺子走去，离家不远的时候，我的心志非常光明，能够分辨方向，我知道自己是向北走。过了一会儿，不然了！太阳我也找不着了！一些些的招牌，依我看来都是一个样，街上的行人好像每个都要撞倒我似的，就连马车也好像是旋转着。我不晓得自己走了多远，只是我实在疲劳。不能再寻找那家商店，我急切地想回家，可是家也被寻觅不到。我是从哪一条路来的？究竟家是在什么方向？

我忘记一切危险,在街心停住,我没有哭,把头向天,愿看见太阳。因为平常爸爸不是拿指南针看看太阳就知道或南或北吗?我虽然看了,只见太阳在街路中央,别的什么都不能知道,我无心留意街道,跌倒在了阴沟板上面。

"小孩!小心点。"

身边的马车夫驱着车子过去,我想问他我的家在什么地方,他走过了!我昏沉极了!忙问一个路旁的人:

"你知道我的家吗?"

他好像知道我是被丢的孩子,或许那时候我的脸上有什么急慌的神色,那人跑向路的那边去,把车子拉过来,我知道他是洋车夫,他和我开玩笑一般:

"走吧!坐车回家吧!"

我坐上了车,他问我,总是玩笑一般地:

"小姑娘!家在哪里呀?"

我说:"我们离南河沿不远,我也不知道哪面是南,反正我们南边有河。"

走了一会儿,我的心渐渐平稳,好像被动荡的一盆水,渐渐静止下来,可是不多一会儿,我忽然忧愁了!抱怨自己皮球仍是没有买成!从皮球联想到祖母骗我给买皮球的故事,很快又联想到祖母讲的关于乡巴佬坐东洋车的故事。于是我想试一试,怎样可以像个乡巴佬。该怎样蹲法呢?轻轻地从座位滑下来,当我还没有蹲稳当的时节,拉车的回头来:

"你要做什么呀?"

我说:"我要蹲一蹲试试,你答应我蹲吗?"

他看我已经偎在车前放脚的那个地方，于是他向我深深地做了一个鬼脸，嘴里哼着：

"倒好哩！你这样孩子，很会淘气！"

车子跑得不很快，我忘记街上有没有人笑我。车跑到红色的大门楼，我知道家了！我应该起来呀！应该下车呀！不，目的想给祖母一个意外的发笑，等车拉到院心，我仍蹲在那里，像耍猴人的猴样，一动不动。祖母笑着跑出来了！祖父也是笑！我怕他们不晓得我的意义，我用尖音喊：

"看我！乡巴佬蹲东洋驴子！乡巴佬蹲东洋驴子呀！"

只有妈妈大声骂着我，忽然我怕要打我，我是偷着上街。

洋车忽然放停，从上面我倒滚下来，不记得被跌伤没有。祖父猛力打了拉车的，说他欺侮小孩，说他不让小孩坐车让蹲在那里。没有给他钱，从院子把他轰出去。

所以后来，无论祖父对我怎样疼爱，心里总是生着隔膜，我不同意他打洋车夫，我问：

"你为什么打他呢？那是我自己愿意蹲着。"

祖父把眼睛斜视一下："有钱的孩子是不受什么气的。"

现在我是二十多岁了！我的祖父死去多年了！在这样的年代中，我没发现一个有钱的人蹲在洋车上；他有钱，他不怕车夫吃力，他自己没拉过车，自己所尝到的，只是被拉着的舒服滋味。假若偶尔有钱家的小孩子要蹲在车厢中玩一玩，那么孩子的祖父出来，拉洋车的便要被打。

可是我呢？现在变成个没有钱的孩子了！

烦扰的一日

他在祈祷，他好像是向天祈祷。

他正是跪在栏杆那儿——冰冷的、石块砌成的人行道。然而他没有鞋子，并且他用裸露的膝头去接触一些个冬天的石块。我还没有走近他，我的心已经为愤恨而烧红，而快要胀裂了！

我咬我的嘴唇，毕竟我是没有押起眼睛来走过他。

他是那样年老而昏聋，眼睛像是已腐烂过。街风是锐利的，他的手已经被吹得和一个死物样。可是风，仍然是锐利的。我走近他，但不能听清他祈祷的文句，只是喃喃着。

一个俄国老妇——她说的不是俄语，大概是犹太人——把一张小票子放到老人的手里，同时他仍然喃喃着，好像是向天祈祷。

我带着我重得和石头似的心走回屋中，把积下的旧报纸取出来，放到老人的面前，为的是他可以卖几个钱，但是当我已经把报纸放好的时候，我心起了一个剧变，我认为我是最庸俗没有的人了！仿佛我是做了一件蠢事般的。于是我摸衣袋，我思考家中存钱的盒子，可是连半角钱的票子都不能够寻思得到。老人是过于笨拙了！怕是他不晓得怎样去卖旧报纸。

我走向邻居家去，她的小孩子在床上玩着，她常常是没有心思向我讲一些话。我坐下来，把我带去的包袱打开，预备裁一件衣服。可是今天雪琦说话了：

"于妈还不来，那么，我的孩子会使我没有希望。你看我是什么事也没有做，外国语不能读，而且我连读报的趣味都没有呀！"

"我想你还是另寻一个老妈子好啦！"

"我也这样想，不过实际是困难的。"

她从生了孩子以来，那是五个月，她沉下苦恼的陷阱去，唇部不似以前有颜色，脸儿皱皱的。

为着我到她家去替她看小孩，她走了，和猫一样蹑手蹑脚地下楼去了。

小孩子自己在床上玩得厌了，几次想要哭闹，我忙着裁旗袍，只是用声音招呼他。看一下时钟，知道她去了还不到一点钟，可是看小孩子要多么耐性呀！我烦乱着，这仅是一点钟。

妈妈回来了，带进来衣服的冷气，后面跟进来一个瓷人样的，缠着两只小脚，穿着毛边鞋子，她坐在床沿，并且在她进房的时候，她还向我行了一个深深的鞠躬礼，我又看见她戴的是毛边帽子，她坐在床沿。

过了一会儿，她是欣喜的，有点不像瓷人："我是没有做过老妈子的，我的男人在十八道街开柳条包铺，带开药铺……我实在不能再和他生气，谁都是愿意支使人，还有人愿意给人家支使吗？咱们命不好，那就讲不了！"

像猜谜似的，使人想不出她是什么命运。雪琦她欢喜，她想幸福是近着她了，她在感谢我：

"玉莹，你看，今天你若不来，我怎能去找这个老妈子来呀！"

那个半老的婆娘仍然讲着:"我的男人他打我骂我,以先对我很好,因为他开柳条包铺,要招股东。就是那个入二十元钱顶大的股东,他替我造谣,说我娘家有钱,为什么不帮助开柳条铺呢?在这一年中,就连一顿舒服饭也没吃过,我能不伤心吗!我十七岁过门,今年我是二十四岁。他从不和我吵闹过。"

她不是个半老的婆娘,她才二十四岁。说到这样伤心的地方,她没有哭,她晓得做老妈子的身份。可是又想说下去,雪琦眉毛打锁,把小孩子给她:

"你抱他试试。"

小孩子,不知为什么,但是他哭,也许他不愿看那种可怜的脸相!

雪琦有些不快乐了,只是一刻的工夫,她觉得幸福是远着她了!

过了一会儿,她又像个瓷人,最像瓷人的部分,就是她的眼睛,眼珠定住。我们一向她看去,她忙着把眼珠活动一下,然而很慢,并且一会儿又要定住。

"你不要想,将来你会有好的一日……"

"我是同他打架生气的,一生气就和呆人一样,什么也不能做。"那瓷人又忙着补充一句,"若不生气,什么病也没有呀!好人一样,好人一样。"

后来她看我缝衣裳,她来帮助我,我不愿她来帮助,但是她要来帮助。

小孩子吃着奶,在妈妈的怀中睡了。孩子怕一切音响,我们的呼吸,为着孩子的睡觉都能听得清。

雪琦更不欢喜了。大概她在害怕着,她在计量着,计量她的计划怎样失败。我窥视出来这个瓷器的老妈,怕一会儿就要被辞退。

然而她是有希望的,满有希望,她殷勤地在盆中给小孩在洗尿布。

"我是不知当老妈子的规矩的,太太要指教我。"她说完坐在木凳上,又开始变成不动的瓷人。

我烦扰着,街头的老人又回到我的心中;雪琦铅板样的心沉沉地挂在脸上。

"你把脏水倒进水池子去。"她向摆在木凳间的那瓷人说。捧着水盆子,那个妇人紫色毛边鞋子还没有响出门去,雪琦的眼睛像小偷一样转过来了:

"她是不是不行?那么快让她走吧!"

孩子被丢在床上,他哭叫,她到隔壁借三角钱给老妈子的工钱。

那紫色的毛边鞋慢慢移着,她打了盆净水放在盆架间,过来招呼孩子。孩子惧怕这瓷人,他更哭。我缝着衣服,不知怎么一种不安传染了我的心。

忽然老妈子停下来,那是雪琦把三角钱的票子示到面前的时候,她拿到三角钱走了。她回到妇女们最伤心的家庭去,仍去寻她恶毒的生活。毛边帽子,毛边鞋子,来了又走了。

雪琦仍然自己抱着孩子。

"你若不来,我怎能去找她来呢!"她埋怨我。

我们深深呼吸了一下,好像刚从暗室走出。屋子渐渐没有阳光了,我回家了,带着我的包袱,包袱中好像裹着一群麻烦的想头——妇女们有可厌的丈夫,可厌的孩子。冬天追赶着叫花子使他绝望。

在家门口，仍是那条栏杆，但是那块石道，老人向天跪着，黄昏了，给他的绝望甚于死。

我经过他，我总不能听清他祈祷的文句，但我知道他祈祷的，不是我给他的那些报纸，也不是半角钱的票子，是要从死的边沿上把他拔回来。然而让我怎样做呢？他向天跪着，他向天祈祷……

镀金的学说

我的伯伯，他是我童年唯一崇拜的人物，他说起话有宏亮的声音，并且他什么时候讲话总关于正理，至少那时候我觉得他的话是严肃的，有条理的，千真万对的。

那年我十五岁，是秋天，无数张叶子落了，回旋在墙根了。我经过北门旁在寒风里号叫着的老榆树，那榆树的叶子也向我打来。可是我抖擞着跑进屋去，我是参加一个邻居姐姐出嫁的筵席回来。一边脱换我的新衣裳，一边同母亲说，那好像同母亲吵嚷一般："妈，真的没有见过，婆家说新娘笨，也有人当面来羞辱新娘，说她站着的姿势不对，坐着的姿势不好看，林姐姐一声也不作，假若是我呀！哼！……"

母亲说了几句同情的话，就在这样的当儿，我听清伯父在呼唤我的名字。他的声音是那样低沉，平素我是爱伯父的，可是也怕他,于是我心在小胸膛里边惊跳着走出外房去。我的两手下垂,就连视线也不敢放过去。

"你在那里讲究些什么话?很有趣哩!讲给我听听。"伯父说话的时候,他的眼睛流动笑着,我知道他没有生气,并且我想他很愿意听我讲究。我就高声把那事又说了一遍,我且说且做出种种姿势来。等我说完的时候,我仍欢喜,说完了我把说话时跳打着的手足停下,静等着伯伯夸奖我呢!可是过了很多工夫,伯伯在桌子旁仍写他的文字,对我好像没有反应,再等一会儿他对于我的讲话也绝对没有回响。至于我呢,我的小心房立刻感到压迫,我想:我错在什么地方?话讲的是很流利呀!讲话的速度也算是活泼呀!伯伯好像一块朽木塞住我的咽喉,我愿意快躲开他到别的房中去长叹一口气。

伯伯把笔放下了,声音也跟着来了:"你不说假若是你吗?是你又怎么样?你比别人更糟糕,下回少说这一类话!小孩子学着夸大话,浅薄透了!假如是你,你比别人更糟糕,你想你总要比别人高一倍吗?再不要夸口,夸口是最可耻,最没出息的。"

我走进母亲的房里时,坐在炕沿我弄着发辫,默不作声,脸部感到很烧很烧。以后我再不夸口了!

伯父又常常讲一些关于女人的服装的意见。他说穿衣服素色最好,不要涂粉、抹胭脂,要保持本来的面目。我常常是保持本来的面目,不涂粉不抹胭脂,也从没穿过花色的衣裳。

后来我渐渐对于古文有趣味,伯父给我讲古文,记得讲到《吊古战场文》那篇,伯父被感动得有些声咽,我到后来竟哭了!从那时起我深深感到战争的痛苦与残忍。大概那时我才十四岁。

又过一年，我从小学卒业就要上中学的时候，我的父亲把脸沉下了！他终天把脸沉下。等我问他的时候，他瞪一瞪眼睛，在地板上走转两圈，必须要过半分钟才能给一个答话：

"上什么中学？上中学在家上吧！"

父亲在我眼里变成一只没有一点热气的鱼类，或者别的不具着情感的动物。

半年的工夫，母亲同我吵嘴，父亲骂我："你懒死啦！不要脸的！"当时我过于气愤了，实在受不住这样一架机器压轧了。我问他："什么叫不要脸呢？谁不要脸！"听了这话他立刻像火山一样爆裂起来。当时我没能看出他头上有火冒也没。父亲满头的发丝一定被我烧焦了吧！那时我是在他的手掌下倒了下来，等我爬起来时，我也没有哭。可是父亲从那时起他感到父亲的尊严是受了一大挫折，也从那时起每天想要恢复他的父权。他想做父亲的更该尊严些，或者加倍的尊严着才能压住子女吧！

可真加倍尊严起来了！每逢他从街上回来，都是黄昏时候，父亲一走到花墙的地方便从喉管作出响动，咳嗽几声啦，或是吐一口痰啦。后来渐渐我听他只是咳嗽而不吐痰，我想父亲一定会感着痰不够用了呢！我想做父亲的为什么必须尊严呢？或者因为做父亲的肚子太清洁？！把肚子里所有的痰都全部吐出来了？

一天天睡在炕上，慢慢我病着了！我什么心思也没有了！一班同学不升学的只有两三个，升学的同学给我来信告诉我，她们打网球，学校怎样热闹，也说些我所不懂的功课。我愈读这样的信，心愈加沉重。

老祖父支住拐杖，仰着头，白色的胡子振动着说："叫樱花上学去吧！给她拿火车费，叫她收拾收拾起身吧！小心病坏了！"

父亲说："有病在家养病吧，上什么学，上学！"

后来连祖父也不敢向他问了，因为后来不管亲戚朋友，提到我上学的事他都是连话不答，出走在院中。

整整死闷在家中三个季节，现在是正月了。家中大会宾客，外祖母啜着汤食向我说："樱花，你怎么不吃什么呢？"

当时我好像要流出眼泪来，在桌旁的枕上，我又倒下了！因为伯父外出半年是新回来，所以外祖母向伯父说："他伯伯，向樱花爸爸说一声，孩子病坏了，叫她上学去吧！"

伯父最爱我，我五六岁时他常常来我家，他从北边的乡村带回来榛子。冬天他穿皮大氅，从袖口把手伸给我，那冰寒的手呀！当他拉住我的手的时候，我因害怕挣脱着跑了；可是我知道一定有榛子给我带来，我秃着头，两手捏耳朵，在院子里我向每个货车夫问："有榛子没有？榛子没有？"

伯父把我裹在大氅里，抱着我进去，他说："等一等给你榛子。"

我渐渐长大起来，伯父仍是爱我的，讲故事给我听。买小书给我看，等我入高级，他开始给我讲古文了！有时族中的哥哥弟弟们都唤来，他讲给我们听，可是书讲完他们临去的时候，伯父总是说："别看你们是男孩子，樱花比你们全强，真聪明。"

他们自然不愿意听了，一个一个退走出去。不在伯父面前他们齐声说："你好呵！你有多聪明！比我们这一群浑蛋强得多。"

男孩子说话总是有点野，不愿意听，便离开他们了。谁想男孩子们会这样放肆呢？他们扯住我，要打我："你聪明，能当个什么用？我们有气力，要收拾你。""什么狗屁聪明，来，我们大家伙儿看看你的聪明到底在哪里！"

伯父当着什么人也夸奖我："好记力，心机灵快。"

现在一讲到我上学的事，伯父微笑了："不用上学，家里请个老先生念念书就够了！哈尔滨的文学生们太荒唐。"

外祖母说："孩子在家里教养好，到学堂也没有什么坏处。"

于是伯父斟了一杯酒，夹了一片香肠放到嘴里，那时我多么不愿看他吃香肠呵！那一刻我是怎样恼烦着他！我讨厌他喝酒用的杯子，我讨厌他上唇生着的小黑髭，也许伯伯没有观察我一下！他又说："女学生们靠不住，交男朋友啦！恋爱啦！我看不惯这些。"

从那时起伯父同父亲是没有什么区别，变成严凉的石块。

当年，我升学了，那不是什么人帮助我，是我自己向家庭施行的骗术。后一年暑假，我从外回家，我和伯父的中间，总感到一种淡漠的情绪，伯父对我似乎是客气了，似乎是有什么从中间隔离着了！

一天伯父上街去买鱼，可是他回来的时候，筐子是空空的。母亲问：

"怎么！没有鱼吗？"

"哼！没有。"

母亲又问："鱼贵吗？"

"不贵。"

伯父走进堂屋坐在那里好像幻想着一般，后门外树上满挂着绿的叶子，伯父望着那些无知的叶子幻想，最后他小声唱起，像是有什么悲哀蒙蔽着他了！看他的脸色完全可怜起来。他的眼睛是那样忧烦地望着桌面，母亲说："哥哥头痛吗？"

伯父似乎不愿回答，摇着头，他走进屋倒在床上，很长时间，他翻转着，扇子他不用来摇风，在他手里乱响。他的手在胸膛上拍着,气闷着,再过一会儿,他完全安静下去,扇子任意丢在地板,苍蝇落在脸上,也不去搔它。

晚饭上桌了,伯父多喝了几杯酒,红着颜面向祖父说:

"菜市上看见王大姐呢!"

王大姐,我们叫他王大姑,常听母亲说:"王大姐没有妈,爹爹因为贫穷去做了土匪,只留下她这个可怜的孩子住在我们家里。"伯父很多情呢!伯父也会恋爱呢,伯父的屋子和我姑姑们的屋子挨着,那时我的三个姑姑全没出嫁。

一夜,王大姑没有回内房去睡,伯父伴着她哩!

祖父不知这件事,他说:"怎么不叫她来家呢?"

"她不来,看样子是很忙。"

"呵!从出了门子总没见过,二十多年了,二十多年了!"

祖父捋着斑白的胡子,他感到自己是老了!

伯父也感叹着:"嗳!一转眼,老了!不是姑娘时候的王大姐了!头发白了一半。"

伯父的感叹和祖父完全不同,伯父是痛惜着他破碎的青春的故事。又想一想他婉转着说,说时他神秘地有点微笑:"我经过菜市场,一个老太太回头看我,我走过,她仍旧看我。停在她身后,我想一想,是谁呢?过会儿我说:'是王大姐吗?'她转过身来。我问她:'在本街住吧?'她很忙,要回去烧饭,随后她走了,什么话也没说,提着空筐子走了!"

夜间,全家人都睡了,我偶然到伯父屋里去找一本书。因为对他,我连一点信仰也失去了,所以无言走出。

伯父愿意和我谈话似的:"没睡吗?"

"没有。"

隔着一道玻璃门,我见他无聊的样子翻着书和报,枕旁一支蜡烛,火光在起伏。伯父今天似乎是例外,同我讲了好些话,关于报纸上的,又关于什么年鉴上的。他看见我手里拿着一本花面的小书,他问:"什么书?"

"小说。"

我不知道他的话是从什么地方说起:"言情小说,《西厢》是妙绝,《红楼梦》也好。"

那夜伯父奇怪地向我笑,微微的笑,把视线斜着看住我。我忽然想起白天所讲的"王大姑来了",于是给伯父倒一杯茶,我走出房来,让他伴着茶香来慢慢地回味着记忆中的姑娘吧!

我与伯伯的学说渐渐悬殊,因此感情也渐渐恶劣,我想什么给感情分开的呢?我需要恋爱,伯父也需要恋爱。伯父见着他年轻时候的情人痛苦,假若是我也是一样。

那么他与我有什么不同呢?不过伯伯相信的是镀金的学说。

感情的碎片

近来觉得眼泪常常充满着眼睛,热的,它们常常会使我的眼圈发烧。然而它们一次也没有滚落下来。有时候它们站到了眼毛的尖端,闪耀着玻璃似的液体,每每在镜子里面看到。

一看到这样的眼睛,又好像回到了母亲死的时候。母亲并不十分爱我,但也总算是母亲。她病了三天了,是七月的末梢。许多医生来过了,他们骑着白马,坐着三轮车。但那最高的一个,他用银针在母亲的腿上刺了一下,他说:

"血流则生,不流则亡。"

我确确实实看到那针孔是没有流血,只是母亲的腿上凭空多了一个黑点。医生和别人都退了出去,他们在堂屋里议论着。我背向了母亲,我不再看她腿上的黑点。我站着。

"母亲就要没有了吗?"我想。

大概就是她极短的清醒的时候:

"……你哭了吗?不怕,妈死不了!"

我垂下头去,扯住了衣襟,母亲也哭了。

而后我站到房后摆着花盆的木架旁边去。我从衣袋取出来母亲买给我的小洋刀。

"小洋刀丢了就从此没有了吧?"于是眼泪又来了。

花盆里的金百合映着我的眼睛,小洋刀的闪光映着我的眼睛。眼泪就再没有流落下来,然而那是热的,是发炎的。但那是孩子的时候,而今则不应该了。

祖父死了的时候

祖父总是有点变样子,他喜欢流起眼泪来,同时过去很重要的事情他也忘掉。比方过去那一些他常讲的故事,现在讲起来,讲了一半,下一半他就说:"我记不得了。"

某夜,他又病了一次,经过这一次病,他竟说:"给你三姑写信,叫她来一趟,我不是四五年没看过她吗?"他叫我写信给我已经死去五年的姑母。

那次离家是很痛苦的。学校来了开学通知信,祖父又一天一天地变样起来。

祖父睡着的时候,我就躺在他的旁边哭,好像祖父已经离开我死去似的,一面哭着一面抬头看他凹陷的嘴唇。我若死掉祖父,就死掉我一生最重要的一个人,好像他死了就把人间一切"爱"和"温暖"带得空空虚虚。我的心被丝线扎住或铁丝绞住了。

我联想到母亲死的时候。母亲死以后,父亲怎样打我,又娶一个新母亲来。这个母亲很客气,不打我,就是骂,也是指着桌子或椅子来骂我。客气是越客气了,但是冷淡了,疏远了,生人一样。

"到院子去玩玩吧!"祖父说了这话之后,在我的头上撞了一下,"喂!你看这是什么?"一个黄金色的橘子落到我的手中。

夜间不敢到茅厕去,我说:"妈妈同我到茅厕去趟吧。"

"我不去!"

"那我害怕呀!"

"怕什么?"

"怕什么?怕鬼怕神?"父亲也说话了,把眼睛从眼镜上面看着我。

冬天,祖父即使已经睡下,也会起床,然后赤着脚,开着纽扣跟我到外面茅厕去。

学校开学,我迟到了四天。三月里,我又回家一次,正在外面叫门,里面小弟弟嚷着:"姐姐回来了!姐姐回来了!"大门开时,我就远远注意着祖父住着的那间房子,果然祖父的面孔和胡子闪现在玻璃窗里。我跳着笑着跑进屋去,但不是高兴,只是心酸,祖父的脸色更惨淡、更白了。等屋子里一个人没有时,他流着泪,他慌慌忙忙的一边用袖口擦着眼泪,一边抖动着嘴唇说:"爷爷不行了,不知早晚……前些日子好险没跌……跌死。"

"怎么跌的?"

"就是在后屋,我想去解手,招呼人,也听不见,按电铃也没有人来,就得爬啦。还没到后门口,腿颤,心跳,眼前发花了一阵就倒下去。没跌断了腰……人老了,有什么用处!爷爷是八十一岁呢。"

"爷爷是八十一岁。"

"没用了,活了八十一岁还是在地上爬呢!我想你看不着爷爷了,谁知没有跌死,我又慢慢爬到炕上。"

我走的那天也是和我回来那天一样,白色的脸的轮廓闪现在玻璃窗里。

在院心我回头看着祖父的面孔，走到大门口，在大门口我仍可看见，出了大门，就被门扇遮断。

从这一次祖父就与我永远隔绝了。虽然那次和祖父告别，并没说出一个永别的字。我回来看祖父，这回门前吹着喇叭，幡杆挑得比房头更高，马车离家很远的时候，我已看到高高的白色幡杆了，吹鼓手们的喇叭怆凉地在悲号。马车停在喇叭声中，大门前的白幡、白对联，院心的灵棚，闹嚷嚷许多人，吹鼓手们响起呜呜的哀号。

这回祖父不坐在玻璃窗里，是睡在堂屋的板床上，没有灵魂地躺在那里。我要看一看他白色的胡子，可是怎样看呢！拿开他脸上蒙着的纸吧，胡子、眼睛和嘴都不会动了，他真的一点感觉也没有了！我从祖父的袖管里去摸他的手，手也没有感觉了。祖父这回真死去了啊！

祖父装进棺材去的那天早晨，正是后园里玫瑰花开放满树的时候。我扯着祖父的一张被角，抬向灵前去。吹鼓手在灵前吹着大喇叭。

我怕起来，我号叫起来。

"咣咣！"黑色的、半尺厚的灵柩盖子压上去。

吃饭的时候，我饮了酒，用祖父的酒杯饮的。饭后我跑到后园玫瑰树下去卧倒，园中飞着蜂子和蝴蝶，绿草的清凉的气味，这都和十年前一样。可是十年前死了妈妈。妈妈死后我仍是在园中扑蝴蝶，这回祖父死去，我却饮了酒。

过去的十年我是和父亲打斗着生活，在这期间我觉得人是残酷的东西。父亲对我是没有好面孔的，对于仆人也是没有好面孔的，他对于祖父也是没有好面孔的。因为仆人是穷人，祖父是老人，我是个小孩子，所以我们这些完全没有保障的人就落到他的手里。后来我看到新娶来的母亲也落到他的手里，他喜欢她的时候，便同她说笑，他恼怒时便骂她，母亲渐渐也怕起父亲来。

母亲也不是穷人，也不是老人，也不是孩子，怎么也怕起父亲来呢？我到邻家去看看，邻家的女人也是怕男人。我到舅家去，舅母也是怕舅父。

我懂得的尽是些偏僻的人生，我想世间死了祖父，就没有再同情我的人了，世间死了祖父，剩下的尽是些凶残的人了。

我饮了酒，回想，幻想……

以后我必须不要家，到广大的人群中去，但我在玫瑰树下战怵了，人群中没有我的祖父。

所以我哭着，整个祖父死的时候我哭着。

索非亚的愁苦

侨居在哈尔滨的俄国人那样多。从前他们骂着："穷党！穷党！"

连中国人开着的小酒店或是小食品店，都怕"穷党"进去。谁都知道"穷党"喝了酒，常常会讨不出钱来。

可是现在那骂着穷党的，他们做了"穷党"了：马车夫，街上的浮浪人，叫花子，至于那大胡子的老磨刀匠，至于那去过欧战的独腿人，那拉手风琴在乞讨铜板的，人们叫他街头音乐家的独眼人。

索非亚的父亲就是马车夫。

索非亚是我的俄文教师。

她走路走得很漂亮,像跳舞一样。可是,她跳舞跳得怎样呢?那我不知道,因为我还不懂得跳舞。但是我看她转着那样圆的圈子,我喜欢她。

没多久,熟识了之后,我们是常常跳舞的。"再教我一个新步法!这个,你看我会了。"

桌上的表一过十二点,我们就停止读书。我站起来,走了一点姿势给她看。

"这样可以吗?左边转,右边转,都可以!"

"怎么不可以!"她的中国话讲得比我们初识的时候更好了。

为着一种感情,我从不以为她是一个"穷党",几乎连那种观念也没有存在。她唱歌唱得也很好,她又教我唱歌。有一天,她的手指甲染得很红的来了。还没开始读书,我就对她的手很感到趣味,因为没有看到她装饰过。她从不涂粉,嘴唇也是本来的颜色。

"嗯哼,好看的指甲啊!"我笑着。

"呵!坏的,不好的,'涅克拉西为'是不美的、难看的意思。"

我问她:"为什么难看呢?"

"读书,读书,十一点钟了。"她没有回答我。

后来,我们再熟识的时候,不仅跳舞、唱歌,我们谈着服装,谈着女人:西洋女人,东洋女人,俄国女人,中国女人。有一天,我们正在讲解着文法,窗子上有红光闪了一下,我招呼着:

"快看!漂亮哩!"

房东的女儿穿着红缎袍子走过去。我想,她一定要称赞一句,可是她没有："白吃白喝的人们！"

这样合乎文法完整的名词，我不知道为什么她能说出来。当时，我只是为着这名词的构造而惊奇。至于这名词的意义，好像以后才发现出来。后来，过了很久，我们谈着思想，我们成了好友了。

"白吃白喝的人们,是什么意思呢？"我已经问过她几次了,但仍常常问她。她的解说有意思："猪一样的,吃得很好,睡得很好。什么也不做，什么也不想……"

"那么，白吃白喝的人们将来要做'穷党'了吧？"

"是的，要做'穷党'的。不，可是……"她的一丝笑纹也从脸上退走了。

不知多久，没再提到"白吃白喝"这句话。我们又回转到原来友情上的寸度：跳舞、唱歌，连女人也不再说到。我的跳舞步法也和友情一样没有增加，这样一直继续到"巴斯哈"节。

节前的几天，索非亚手脸色比平日更惨白些，嘴唇白得几乎和脸色一个样，我也再不要求她跳舞。

就是节前的一日，她说："明天过节，我不来，后天来。"

后天，她来的时候，她向我们说着她愁苦，这很意外。友情因为这个好像又增加起来。

"昨天是什么节呢？"

"'巴斯哈'节，为死人过的节。染红的鸡子带到坟上去，花圈带到坟上去……"

"什么人都过吗？犹太人也过'巴斯哈'节吗？"

"犹太人也过，'穷党'也过，不是'穷党'也过。"

到现在我想知道索非亚为什么她也是"穷党"，然而我不能问她。

"愁苦，我愁苦……妈妈又生病，要进医院，可是又请不到免费证。"

"要进哪个医院。"

"专为俄国人设的医院。"

"请免费证，还要很困难的手续吗？"

"没有什么困难的，只要不是'穷党'。"

有一天，我只吃着干面包。那天她来得很早，差不多九点半钟她就来了。

"营养不好，人是瘦的、黑的，工作得少，工作得不好。慢慢健康就没有了。"

我说："不是，只喜欢空吃面包，而不喜欢吃什么菜。"她笑了："不是喜欢，我知道为什么。昨天我也是去做客，妹妹也是去做客。爸爸的马车没有赚到钱，爸爸的马也是去做客。"

我笑她："马怎么也会去做客呢？"

"会的，马到它的朋友家里去，就和它的朋友站在一道吃草。"

俄文读得一年了，索非亚家的牛生了小牛，也是她向我说的。并且当我到她家里去做客，若当老羊生了小羊的时候，我总是要吃羊奶的。并且在她家我还看到那还不很会走路的小羊。

"吉卜赛人是'穷党'吗？怎么中国人也叫他们'穷党'呢？"这样话，好像在友情最高的时候更不能问她。

"吉卜赛人也会讲俄国话的，我在街上听到过。"

"会的，犹太人也多半会俄国话！"索非亚的眉毛动弹了一下。

"在街上拉手风琴的一个眼睛的人，他也是俄国人吗？"

"是俄国人。"

"他为什么不回国呢？"

"回国！那你说我们为什么不回国？"她的眉毛好像在黎明时候静止着的树叶，一点也没有摇摆。

"我不知道。"我实在是慌乱了一刻。

"那么犹太人回什么国呢？"

我说："我不知道。"

春天柳条舞着芽子的时候，常常是阴雨的天气，就在雨丝里一种沉闷的鼓声来在窗外了："咚咚！咚咚！"

"犹太人，他就是父亲的朋友，去年'巴斯哈'节他是在我们家里过的。他世界大战的时候去打过仗。"

"咚咚，咚咚，瓦夏！瓦夏！"

我一面听着鼓声，一面听到喊着瓦夏，索非亚的解说在我感不到力量和微弱。

"为什么他喊着瓦夏？"我问。

"瓦夏是他的伙伴，你也会认识他……是的，就是你说的中央大街上拉风琴的人。"

那犹太人的鼓声并不响了，但仍喊着瓦夏，那一双肩头一齐耸起又一齐落下，他的腿是一只长腿一只短腿。那只短腿使人看了会并不相信是存在的，那是从腹部以下就完全失去了，和丢掉一只腿的蛤蟆一样畸形。

他经过我们的窗口，他笑笑。

"瓦夏走得快哪！追不上他了。"这是索非亚给我翻译的。

等我们再开始讲话，索非亚她走到屋角长青树的旁边：

"屋子太没趣了,找不到灵魂,一点生命也感不到地活着啊!冬天屋子冷,这树也黄了。"

我们的谈话,一直继续到天黑。

索非亚述说着在落雪的一天她跌了跤,从前安得来夫将军的儿子在路上骂她"穷党"。

"……你说,那猪一样的东西,我该骂他什么呢?——'骂谁"穷党"!你爸爸的骨头都被"穷党"的煤油烧掉了'——他立刻躲开我,他什么话也没有再回答。'穷党',吉卜赛人也是'穷党',犹太人也是'穷党'。现在真正的'穷党'还不是这些人,那些沙皇的子孙们,那些流氓们才是真正的'穷党'。"

索非亚的情感约束着我,我忘记了已经是应该告别的时候。

"去年的'巴斯哈'节,爸爸喝多了酒,他伤心……他给我们跳舞,唱高加索歌……我想他唱的一定不是什么歌曲,那是他想他家乡的心情的号叫,他的声音大得厉害哩!我的妹妹米娜问他:'爸爸唱的是哪里的歌?'他接着就唱起'家乡''家乡'来了,他唱着许多'家乡'。我们生在中国地方,高加索,我们对它一点什么也不知道。妈妈也许是伤心的,她哭了!犹太人哭了——拉手风琴的人,他哭的时候,把吉卜赛女孩抱了起来。也许他们都想着'家乡'。可是,吉卜赛女孩不哭,我也不哭。米娜还笑着,她举起酒瓶来跟着父亲跳高加索舞,她一再说:'这就是火把!'爸爸说:'对的。'他还是说高加索舞是有火把的。米娜一定是从电影上看到过火把。……爸爸举着三弦琴。"

索非亚忽然变了一种声音:

"不知道吧!为什么我们做'穷党'?因为是高加索人。哈尔滨的高加索人还不多,可是没有生活好的。从前是'穷党',现在还是'穷党'。爸爸在高加索的时候种田,来到中国也是种田。现在他赶马车,他是一九一二年和妈妈跑到中国来。爸总是说:'哪里也是一样,干活计就吃饭。'这话到现在他是不说的了……"

她父亲的马车回来了,院里铛铛地响着铃子。

我再去看她,那是半年以后的事,临告别的时候,索非亚才从床上走下地板来。

"病好了我回国的。工作,我不怕,人是要工作的。传说那边工作很厉害。母亲说,还不要回去吧!可人们没有想想,人们以为这边比那边待他还好!"走到门外她还说:

"'回国证'怕难一点,不要紧,没有'回国证',我也是要回去的。"她走路的样子再不像跳舞,迟缓与艰难。

过了一个星期,我又去看她,我是带着糖果。

"索非亚进了医院的。"她的母亲说。

"病院在什么地方?"

她的母亲说的完全是俄语,那些俄文的街名,无论怎样是我所不懂的。

"可以吗?我去看看她?"

"可以,星期日可以,平常不可以。"

"医生说她是什么病?"

"肺病,很轻的肺病,没有什么要紧。'回国证'她是得不到的,'穷党'回国是难的。"

我把糖果放下就走了。这次送我出来的不是索非亚,而是她的母亲。

过 夜

也许是快近天明了吧！我第一次醒来。街车稀疏地从远处响起，一直到那声音雷鸣一般地震撼着这房子，直到那声音又远远地消灭下去，我都听到的。但感到生疏和广大，我就像睡在马路上一样，孤独并且无所凭据。

睡在我旁边的是我所不认识的人，那鼾声对于我简直是厌恶和隔膜。我对她并不存着一点感激，也像憎恶我所憎恶的人一样憎恶她。虽然在深夜里她给我一个住处，虽然从马路上把我招引到她的家里。

那夜寒风逼着我非常严厉，眼泪差不多和哭着一般流下，用手套抹着、揩着；在我敲打姨母家的门的时候，手套几乎是结了冰，在门扇上起着小小的黏结。我一面敲打一面叫着：

"姨母！姨母……"她家的人完全睡下了，狗在院子里面叫了几声。我只好背转来走去。脚在下面感到有针在刺着似的痛楚。我是怎样的去羡慕那些临街的我所经过的楼房，对着每个窗子我起着愤恨。那里面一定是温暖和快乐，并且那里面一定设置着很好的眠床。一想到眠床，我就想到了我家乡那边的马房，挂在马房里面不也很安逸吗！甚至于我想到了狗睡觉的地方，那一定有茅草。坐在茅草上面可以使我的脚温暖。

积雪在脚下面呼叫:"吱……吱……吱……"我的眼毛感到了纠绞,积雪随着风在我的腿部扫打。当我经过那些平日认为可怜的下等妓馆的门前时,我觉得她们也比我幸福。

我快走,慌张地走,我忘记了我背脊怎样的弓起,肩头怎样的耸高。

"小姐!坐车吧!"经过繁华一点的街道,洋车夫们向我说着。都记不得了,那等在路旁的马车的车夫们也许和我开着玩笑。

"喂……喂……冻得活像个他妈的……小鸡样……"

但我只看见马的蹄子在石路上面跺打。

我走上了我熟稔的扶梯,我摸索,我寻找电灯,往往一件事情越接近着终点越容易着急和不能忍耐。升到最高级了,几乎从顶上滑了下来。

感到自己的力量完全用尽了!再多走半里路也好像是不可能,并且这种寒冷我再不能忍耐,并且脚冻得麻木了,需要休息下来,无论如何它需要一点暖气,无论如何不应该再让它去接触着霜雪。

去按电铃,电铃不响了,但是门扇欠了一个缝,用手一触时,它自己开了。一点声音也没有,大概人们都睡了。我停在内间的玻璃门外,我招呼那熟人的名字,终没有回答!我还看到墙上那张没有框子的画片。分明房里在开着电灯。再招呼了几声,但是什么也没有……

"喔……"门扇用铁丝绞了起来,街灯就闪耀在窗子的外面。我踏着过道里搬了家余留下来的碎纸的声音,同时在空屋里我听到了自己苍白的叹息。

"浆汁还热吗?"在一排长街转角的地方,那里还张着卖浆汁的白色的布棚。我坐在小凳上,在集合着铜板……

等我第一次醒来时,只感到我的呼吸里面充满着鱼的气味。

"街上吃东西,那是不行的。您吃吃这鱼看吧,这是黄花鱼,用油炸的……"她的颜面和干了的海藻一样打着波皱。

"小金铃子,你个小死鬼,你给我滚出来……快……"我跟着她的声音才发现墙角蹲着个孩子。

"喝浆汁,要喝热的,我也是爱喝浆汁……哼!不然,你就遇不到我了,那是老主顾,我差不多每夜要喝——偏偏金铃子昨晚上不在家,不然的话,每晚都是金铃子去买浆汁。"

"小死金铃子,你失了魂啦!还等我孝敬你吗?还不自己来装饭!"

那孩子好像猫一样来到桌子旁边。

"还见过吗?这丫头十三岁啦,你看这头发吧!活像个多毛兽!"她在那孩子的头上用筷子打了一下,于是又举起她的酒杯来。她的两只袖口都一起往外脱着棉花。

晚饭她也是喝酒,一直喝到坐着就要睡去了的样子。

我整天没有吃东西,昏沉沉和软弱,我的知觉似乎一半存在着,一半失掉了。在夜里,我听到了女孩的尖叫。

"怎么,你叫什么?"我问。

"不,妈呀!"她惶惑地哭着。

从打开着的房门,老妇人捧着雪球回来了。

"不,妈呀!"她赤着身子站到角落里去。

她把雪块完全打在孩子的身上。

"睡吧！我让你知道我的厉害！"她一面说着，孩子的腿部就流着水的条纹。

我究竟不知道这是为了什么。

第二天，我要走的时候，她向我说：

"你有衣裳吗？留给我一件……"

"你说的是什么衣裳？"

"我要去进当铺，我实在没有好当的了！"于是她翻着炕上的旧毯片和流着棉花的被子。

"金铃子这丫头还不中用……也无怪她，年纪还不到哩！五毛钱谁肯要她呢？要长样没有长样，要人才没有人才！花钱看样子吗？前些个年头可行，比方我年轻的时候，我常跟着我的姨姐到班子里去逛逛，一逛就能落几个……多多少少总能落几个……现在不行了！正经的班子不许你进，土窑子是什么油水也没有，老庄那懂得看样子，花钱让他看样子，他就干了吗？就是凤凰也不行啊！落毛鸡就是不花钱谁又想看呢？"她突然用手指在那孩子的头上点了一下。"摆设，总得像个摆设的样子，看这穿戴……呸呸！"

她的嘴和眼睛一致地歪动了一下。"再过两年我就好了。管她长得猫样狗样，可是她到底是中用了！"

她的颜面和一片干了的海蜇一样。我明白一点她所说的"中用"或"不中用"。

"套鞋可以吧？"我打量了我全身的衣裳：一件棉外衣，一件夹袍，一件单衫，一件短绒衣和绒裤，一双皮鞋，一双单袜。

"不用进当铺，把它卖掉，三块钱买的，五角钱总可以卖出。"

我弯下腰在地上寻找套鞋。

"哪里去了呢?"我开始划着一根火柴,屋子里黑暗下来,好像"夜"又要来临了。

"老鼠会把它拖走的吗?不会的吧?"我好像在反复着我的声音,可是她,一点也不来帮助我,无所感觉的一样。

我去扒着土炕,扒着碎毡片,碎棉花。但套鞋是不见了。

女孩坐在角落里面咳嗽着,那老妇人简直是喑哑了。

"我拿了你的鞋!你以为?那是金铃子干的事……"借着她抽烟时划着火柴的光亮,我看到她打着皱纹的鼻子的两旁挂下两条发亮的东西。

"昨天她把那套鞋就偷着卖了!她交给我钱的时候我才知道。半夜里我为什么打她,就是为着这桩事。我告诉她,偷是到外面去偷。看见过吗?回家来偷。我说我要用雪把她活埋……不中用的,男人不能看上她的,看那小毛辫子!活像个猪尾巴!"

她回转身去扯着孩子的头发,好像在扯着什么没有知觉的东西似的。

"老的老,小的小……你看我这年纪,不用说是不中用的啦!"

两天没有见到太阳,在这屋里我觉得狭窄和阴暗,好像和老鼠住在一起了。假如走出去,外面又是"夜",但一点也不怕惧,走出去了!

我把单衫从身上褪了下来。我说:"去当,去卖,都是不值钱的。"

这次我是用夏季里穿的通孔的鞋子去接触着雪地。

初　冬

初冬，我走在清凉的街道上，遇见了我的弟弟。

"莹姐，你走到哪里去？"

"随便走走吧！"

"我们去吃一杯咖啡，好不好，莹姐？"

咖啡店的窗子在帘幕下挂着苍白的霜层。我把领口脱着毛的外衣搭在衣架上。

我们开始搅着杯子叮当地响了。

"天冷了吧！并且也太孤寂了，你还是回家的好。"弟弟的眼睛是深黑色的。

我摇了头，我说："你们学校的篮球队近来怎么样？还活跃吗？你还很热心吗？"

"我掷筐掷得更进步，可惜你总也没到我们球场上来了。你这样不畅快是不行的。"

我仍搅着杯子，也许漂流久了的心情，就和离了岸的海水一般，若非遇到大风是不会翻起的。我开始弄着手帕。弟弟再向我说什么我已不去听清他，仿佛自己是沉坠在深远的幻想的井里。

我不记得咖啡怎样被我吃干了杯了。茶匙在搅着空的杯子时，弟弟说："再来一杯吧！"

女侍者带着欢笑一般飞起的头发来到我们桌边，她又用很响亮的脚步摇摇地走了去。

也许因为清早或天寒，再没有人走进这咖啡店。在弟弟默默看着我的时候，在我的思想凝静得玻璃一般平的时候，壁间暖气管小小嘶鸣的声音都听得到了。

"天冷了，还是回家好，心情这样不畅快，长久了是无益的。"

"怎么！"

"太坏的心情与你有什么好处呢？"

"为什么要说我的心情不好呢？"

我们又都搅着杯子。有外国人走进来，那响着嗓子的、嘴不住在说的女人，就坐在我们的近边。她离得我越近，我越嗅到她满衣的香气，那使我感到她离得我更辽远，也感到全人类离得我更辽远。也许她那安闲而幸福的态度与我一点联系也没有。

我们搅着杯子，杯子不能像起初搅得发响了。街车好像渐渐多了起来，闪在窗子上的人影，迅速而且繁多了。隔着窗子，可以听到喑哑的笑声和喑哑的踏在行人道上的鞋子的声音。

"莹姐，"弟弟的眼睛深黑色的，"天冷了，再不能漂流下去，回家去吧！"弟弟说，"你的头发这样长了，怎么不到理发店去一次呢？"我不知道为什么被他这话所激动了。

也许要熄灭的灯火在我心中复燃起来，热力和光明鼓荡着我：

"那样的家我是不想回去的。"

"那么漂流着，就这样漂流着？"弟弟的眼睛是深黑色的。他的杯子留在左手里边，另一只手在桌面上，手心向上翻张了开来，要

在空间摸索着什么似的。最后,他是捉住自己的领巾。我看着他在抖动的嘴唇:

"莹姐,我真担心你这个女浪人!"他牙齿好像更白了些,更大些,而且有力了,而且充满热情了。为热情而波动,他的嘴唇是那样的退去了颜色,并且他的全人有些近乎狂人,然而安静,完全被热情侵占着。

出了咖啡店,我们在结着薄碎的冰雪上面踏着脚。

初冬,早晨的红日扑着我们的头发,这样的红光使我感到欣快和寂寞。弟弟不住地在手下摇着帽子,肩头耸起了又落下了,心脏也是高了又低了。

渺小的同情者和被同情者离开了市街。

停在一个荒败的枣树园的前面时,他突然把很厚的手伸给了我,这是我们要告别了。

"我到学校去上课!"他脱开我的手,向着我相反的方向背转过去。可是走了几步,又转回来:

"莹姐,我看你还是回家的好!"

"那样的家我是不能回去的,我不愿意受和我站在两极端的父亲的豢养……"

"那么你要钱用吗?"

"不要的。"

"那么,你就这个样子吗?你瘦了!你快要生病了!你的衣服也太薄啊!"弟弟的眼睛是深黑色的,充满着祈祷和愿望。

我们又握过手,分别向不同的方向走去。

太阳在我的脸面上闪闪耀耀。仍和未遇见弟弟以前一样,我穿着街头,我无目的地走。寒风,刺着喉头,时时要发作小小的咳嗽。

弟弟留给我的是深黑色的眼睛,这在我散漫与孤独的流荡人的心板上,怎能不微温了一个时刻?

林小二

在一个有太阳的日子,我的窗前有一个小孩在弯着腰大声地喘着气。

我是在房后站着,随便看着地上的野草在晒太阳。山上的晴天是难得的,为着使屋子也得到干燥的空气,所以门是开着。接着就听到或者是草耙,或者是刷子,或者是一只有弹性的尾巴,沙沙的在地上拍着,越听到拍的声音越真切,就像已经在我的房间的地板上拍着一样。我从后窗子再经过开着的门隔着屋子看过去,看到了一个小孩手里拿着扫帚在弯着腰大声地喘着气。

而他正用扫帚尖扫在我的门前土坪上,那不像是扫,而是用扫帚尖在拍打。

我心里想,这是什么事情呢?保育院的小朋友们从来不到这边做这样的事情。我想去问一问,我心里起着一种亲切的情感对那孩子。刚要开口又感到特别生疏了,因为我们住的根本并不挨近,而且仿佛很远,他们很少时候走来的。我和他们的生疏是一向生疏下来的,虽然每天听着他们升旗降旗的歌声,或是看着他们放在空中的风筝。

那孩子在小房的长廊上扫了很久很久,我站在离他远一点的地方看着他。他比那扫地的扫帚高不了多少,所以是用两只手把着扫帚;他的扫帚尖所触过的地方,想要有一个黑点留下也不可能;他是一边扫一边玩。我看他把一小块粘在水门汀走廊上的泥土用鞋底擦着,没有擦起来,又用手指甲掐着,等掐掉了那块泥土,又抡起扫帚来,好像抡着鞭子一样的把那块掉的泥土抽了一顿,同时嘴里边还念叨了些什么。走廊上靠着一张竹床,他把竹床的后边扫了。完了又去移动那只水桶,把小脸孔都累红了。

这时,院里的一位先生到这边来,当她一走下那高坡,她就用一种响而愉快的声音呼唤着他:

"林小二!……林小二在这里做什么?……"

这孩子的名字叫林小二。

"啊!就是那个……林小二吗?"

那位衣襟上挂着圆牌子的先生说:

"是的……他是我们院里的小名人,外宾来访也访问他。他是流浪儿,在汉口流浪了几年的,是退却之前才从汉口带出来的。他从前是个小叫花,到院里来就都改了,比别的小朋友更好。"

接着她就问他:"谁叫你来扫的呀?哪个叫你扫地?"

那孩子没有回答,摇摇头。我也随着走到他旁边去。

"你几岁,小朋友?"

他也不回答我,他笑了,一排小牙齿露了出来。那位先生代他说是十一岁了。

关于林小二，是在不久前我才听说的。他是汉口街头的小叫花，已经两三年就是小叫花了。他不知道父亲母亲是谁，他不知道他姓什么，他不知道自己的名字是从哪里来的。他没有名，没有姓，没有父亲母亲。林小二，就是林小二。人家问："你姓什么？"他摇摇头。人家问："你就是林小二吗？"他点点头。

从汉口刚来到重庆时，这些小朋友们住在重庆。林小二在夜里把所有的自来水龙头都放开了，楼上楼下都湿了……又有一次，自来水龙头不知谁偷着打开的，林小二走到楼上，看见了，便安安静静地把一个一个关起来。而后，到先生那儿去报告，说这次不是他开的了。

现在林小二在房头上站着，高高的土丘在他的旁边，他弯下腰去，一颗一颗地拾着地上的黄土块。那些土块是院里的别的一些小朋友玩着抛下来的，而他一块一块地从房子的临近拾开。一边拾着，他的嘴里一边念叨什么似的自己说着话，他带着非常安闲而寂寞的样子。

我站在很远的地方看着他，他拾完了之后就停在我的后窗子的外边，像一个大人似的在看风景。那山上隔着很远很远的偶尔长着一棵树，那山上的房屋，要努力去寻找才能够看见一个，因为绿色的菜田过于不整齐的缘故，大块小块割据着山坡，所以山坡上的人家像大块的石头似的，不容易被人注意而混扰在石头之间了。山下则是一片水田，水田明亮得和镜子似的，假若有人掉在田里，就像不会游泳的人沉在游泳池一样，在感觉上那水田简直和小湖一样了。田上看不见收拾苗草的农人，落雨的黄昏和起雾的早晨，水田通通是自己睡在山边上，一切是寂静的，晴天和阴天都是一样的寂静。只有山下那条发白的公路，每隔几分钟，就要有汽车从那上面跑过。车子从看得见的地方跑来，就带着轰轰的响声，有时竟以为是飞机从头上飞过。山中和平原不同，震动的响声特别大，车子就跑在山的夹缝中。若遇着成串的运着军用品的大汽车，就把附近的所有的山都震鸣了，而保育院里的小朋友们常常听着他们的欢呼，他们叫着，而数着车子的数目，十辆二十辆常常经过，都是黄昏以后的时候。林小二仿佛也可以完全辨认出这些感觉似的在那儿努力地辨认着。林小二若伸出两手来，他的左手将指出这条公路重庆的终点，而右手就要指出到成都去的方向吧。但是林小二只把眼睛看到墙根上，或是小土坡上，他很寂寞的自己在玩着，嘴里仍旧念叨着什么似的在说话。他的小天地，就他周围一丈远，仿佛他向来不想走上那公路的样子。

他发现了有人在远处看着他，他就跑了，很害羞的样子跑掉的。

我又见他，就是第二次看见他，是一个雨天。一个比他高的小朋友，从石阶上一磴一磴的把他抱下来。这小叫花子有了朋友了，接受了爱护了。他是怎样一定会长得健壮而明朗的呀……他一定的，我想起班台莱耶夫的《表》。

第贰章

相逢患难共命行

窗子一关起来,
立刻生满了霜,
过一刻,
玻璃片就流着眼泪了!
起初是一条条的,
后来就大哭了!

女性的天空是低的,
羽翼是稀薄的,
而身边的累赘又是笨重的!
而且多么讨厌呵,
女性有着过多的自我牺牲精神。
……不错,我要飞,
但同时觉得……
我会掉下来。

——萧红

破落之街

天明了,白白的阳光空空地染了全室。

我们快穿衣服,折好被子;平结他自己的鞋带,我结我的鞋带。他到外面去打洗脸水,等他回来的时候,我气愤地坐在床沿。他手中的水盆被他忘记了,脸水泼到地板上。他问我,我气愤着不语,把鞋子给他看。

鞋带是断成三段了,现在又断了一段。他从新解开他的鞋子,我不知他在做什么,我看他向床间寻了寻,他是找剪刀,可是没买剪刀,他失望地用手把鞋带变成两段。

一条鞋带也要分成两段,两个人束着一条鞋带。

他拾起桌上的铜板说:

"就是这些吗?"

"不,我的衣袋还有哩!"

那仅是半角钱,他皱眉,他不愿意拿这票子。终于下楼了,他说:"我们吃什么呢?"

用我的耳朵听他的话,用我的眼睛看我的鞋,一只是白鞋带,另一只是黄鞋带。

秋风是紧了,秋风很凄凉,特别是在破落之街道上。

苍蝇满集在饭馆的墙壁,一切人忙着吃喝,不闻苍蝇。

"伙计,我来一分钱的辣椒白菜。"

"我来二分钱的豆芽菜。"

别人又喊了,伙计满头是汗。

"我再来一斤饼。"

苍蝇在那里好像是哑静了。我们同别的一些人一样,不讲卫生体面,我觉得女人必须不应该和一些下流人同桌吃饭,然而我是吃了。

走出饭馆门时,我很痛苦,好像快要哭出来,可是我什么人都不能抱怨。平他每次吃完饭都要问我:"吃饱没有?"我说:"饱了!"其实仍有些不饱。

今天他让我自己上楼:"你进屋去吧!我到外面有点事情。"

好像他不是我的爱人似的,转身下楼离我而去了。

在房间里,阳光不落在墙壁上,那是灰色的四面墙,好像匣子,好像笼子。墙壁在逼着我,使我的思想没有用,使我的力量不能与人接触,不能用于世。

我不愿意我的脑浆翻绞,又睡下,拉我的被子,在床上辗转,仿佛是个病人一样;我的肚子叫响,太阳西沉下去,平没有回来。我只吃过一碗玉米粥,那还是清早。

他回来,只是自己回来,不带馒头或别的充饥的东西回来。

肚子越响了,怕给他听着这肚子的呼唤,我把肚子翻向床,压住这呼唤。

"你肚疼吗?"

我说不是。

他又问我:"你有病吗?"

我仍说不是。

"天快黑了,那么我们去吃饭吧!"

他是借到钱了吗?

"五角钱哩!"

泥泞的街道,沿路的屋顶和蜂巢样密挤着,平房屋顶又生出一层平屋来。那是用板钉成的,看起来像是楼房,也闭着窗子,歇着门。可是生在楼房里的不像人,是些猪猡,是污浊的群。我们往来都看见这样的景致。现在街道是泥泞了,肚子是叫唤了!一心要奔到苍蝇堆里,要吃馒头。桌子的对边那个老头,他唠叨起来了。大概他是个油匠,胡子染着白色,不管衣襟或袖口,都有斑点花色的颜料,他用有颜料的手吃东西。并没能发现他是不讲卫生,因为我们是一道生活。

他嚷了起来,他看一看没有人理他,他升上木凳,好像老旗杆样,人们举目看他。终归他不是造反的领袖,那是私事,他的粥碗里面睡着个苍蝇。

大家都笑了,笑他一定在发神经病。

"我是老头子了,你们拿苍蝇喂我!"他一面说,有点伤心。

一直到掌柜的呼唤伙计再给他换一碗粥来,他才从木凳降落下来。但他寂寞着,他的头摇曳着。

这破落之街我们一年没有到过了,我们的生活技术比他们高,和他们不同,我们是从水泥中向外爬。可是他们永远留在那里,那里淹没着他们的一生,也淹没着他们的子子孙孙,但是这要淹没到什么时代呢?

我们也是一条狗,和别的狗一样没有心肝。我们从水泥中自己向外爬,忘记别人,忘记别人。

欧罗巴旅馆

楼梯是那样长,好像让我顺着一条小道爬上天顶。其实只是三层楼,也实在无力了。手扶着楼栏,努力拔着两条颤颤的、不属于我的腿,升上几步,手也开始和腿一般颤。

等我走进那个房间的时候,和受辱的孩子似的偎上床去,用袖口慢慢擦着脸。

他——郎华,我的情人,那时候他还是我的情人,他问我了:
"你哭了吗?"

"为什么哭呢?我擦的是汗呀,不是眼泪呀!"

不知是几分钟过后,我才发现这个房间是如此的白,棚顶是斜坡的棚顶,除了一张床,地下有一张桌子,一围藤椅。离开床沿,用不到两步可以摸到桌子和椅子。开门时,那更方便,一张门扇躺在床上可以打开。住在这白色的小室,我好像住在幔帐中一般。我口渴,我说:"我应该喝一点水吧!"

他要为我倒水时,他非常着慌,两条眉毛好像要连接起来,在鼻子的上端扭动了好几下:

"怎样喝呢?用什么喝?"

桌子上除了一块洁白的桌布,干净得连灰尘都不存在。

我有点昏迷,躺在床上听他和茶房在过道说了些什么,又听到门响,他来到床边。我想他一定举着杯子在床边,却不,他的手两面却分张着:

"用什么喝?可以吧?用脸盆来喝吧!"

他去拿藤椅上放着才带来的脸盆时,毛巾下面刷牙缸被他发现,于是拿着刷牙缸走去。

旅馆的过道是那样寂静,我听他踏着地板来了。

正在喝着水,一只手指抵在白床单上,我用发颤的手指抚来抚去。他说:"你躺下吧!太累了。"

我躺下也是用手指抚来抚去,床单有突起的花纹,并且白得有些闪我的眼睛,心想:不错的,自己正是没有床单。我心想的话他却说出了!

"我想我们是要睡空床板的,现在连枕头都有。"说着,他拍打我枕在头下的枕头。

"咚咚——"有人打门,进来一个高大的俄国女茶房,身后又进来一个中国茶房。

"也租铺盖吗?"

"租的。"

"五角钱一天。"

"不租。"

"不租。"

我也说不租,郎华也说不租。

那女人动手去收拾:软枕,床单,就连桌布她也从桌子扯下去。床单夹在她的腋下,一切都夹在她的腋下。一秒钟,这洁白的小室跟随她花色的包头巾一同消失去。

我虽然是腿颤,虽然肚子饿得那样空,我也要站起来,打开柳条箱去拿自己的被子。

小室被劫了一样,床上一张肿胀的草褥赤现在那里,破木桌一些黑点和白圈显露出来,大藤椅也好像跟着变了颜色。

晚饭以前,我们就在草褥上吻着抱着过的。

晚饭就在桌子上摆着:黑"列巴"和白盐。

晚饭以后,事件就开始了:开门进来三四个人,黑衣裳,挂着枪,挂着刀。进来先拿住郎华的两臂,他正赤着胸膛在洗脸,两手还是湿着。他们那些人,把箱子弄开,翻扬了一阵。

"旅馆报告你带枪,没带吗?"那个挂刀的人问。随后那人在床下扒得了一个长纸卷,里面卷的是一支剑。他打开,抖着剑柄的红穗头。

"你哪里来的这个?"停在门口那个去报告的俄国管事,挥着手,急得涨红了脸。

警察要带郎华到局子里去。他也预备跟他们去,嘴里不住地说:"为什么单独用这种方式检查我?妨害我?"

最后警察温和下来,他的两臂被放开,可是他忘记了穿衣裳,他湿水的手也干了。

原因?日间那白俄来取房钱,一日两元,一月六十元。我们只有五元钱。马车钱来时去掉五角。

那白俄说:

"你的房钱,给!"

他好像知道我们没有钱似的,他好像是很着忙,怕是我们跑走一样。他拿到手中两元票子又说:

"六十元一月,明天给!"

原来包租一月三十元,为了松花江涨水才有这样的房价。如此,他摇手瞪眼地说:

"你的明天搬走,你的明天走!"

郎华说:"不走,不走——"

"不走不行,我是经理。"

郎华从床下取出剑来,指着白俄:

"你快给我走开,不然,我宰了你。"

他慌张着跑出去了,去报告警察,说我们带着凶器,其实剑裹在纸里,那人以为是大枪,而不知是一支剑。

结果警察带剑走了,走时他说:"日本宪兵若是发现你有剑,那你非吃亏不可,了不得的,说你是大刀会。我替你寄存一夜,明天你来取。"

警察走了以后,闭了灯,锁上门,街灯的光亮从小窗口跑下来,凄凄淡淡的,我们睡了。在睡中不住想:警察是中国人,倒比日本宪兵强得多啊!

天明了,是第二天,从朋友处被逐出来是第二天了。

雪　天

我直直是睡了一个整天,这使我不能再睡。小屋子渐渐从灰色变作黑色。

睡得背很痛，肩也很痛，并且也饿了。我下床开了灯，在床沿坐了坐，到椅子上坐了坐，扒一扒头发，揉擦两下眼睛，心中感到悠长和无底，好像把我放下一个煤洞去，并且没有灯笼，使我一个人走沉下去。屋子虽然小，在我觉得和一个荒凉的广场样，屋子墙壁离我比天还远。那是说一切不和我发生关系；那是说我的肚子太空了！

一切街车街声在小窗外闹着。可是三层楼的过道非常寂静。每走过一个人，我留意他的脚步声：那是非常响亮的，硬底皮鞋踏过去；女人的高跟鞋更响亮而且焦急；有时成群的响声，男男女女穿插着过了一阵。我听遍了过道上一切引诱我的声音，可是不用开门看，我知道郎华还没回来。

小窗那样高，囚犯住的屋子一般，我仰起头来，看见那一些纷飞的雪花从天空忙乱地跌落。有的也打在玻璃窗片上，即刻就消融了，变成水珠滚动爬行着，玻璃窗被它画成没有意义、无组织的条纹。

我想：雪花为什么要翩飞呢？多么没有意义！忽然我又想：我不也是和雪花一般没有意义吗？坐在椅子里，两手空着，什么也不做；口张着，可是什么也不吃。我和一架完全停止了的机器十分相像。

过道一响，我的心就非常跳，那该不是郎华的脚步吧？一种穿软底鞋的声音，嚓嚓来近门口，我仿佛是跳起来，我心害怕：他冻得可怜了吧？他没有带回面包来吧？

开门看时，茶房站在那里：

"包夜饭吗？"

"多少钱?"

"每份六角。包月十五元。"

"……"我一点都不迟疑地摇着头,怕是他把饭送进来强迫我吃似的,怕他强迫向我要钱似的。茶房走出,门又严肃地关起来。一切别的房中的笑声,饭菜的香气都断绝了,就这样用一道门,我与人间隔离着。一直到郎华回来,他的胶皮底鞋擦在门槛,我才止住幻想。茶房手上的托盘,盛着肉饼、炸黄的番薯、切成大片有弹力的面包……

郎华的夹衣上那样湿了,已湿的裤管拖着泥。鞋底通了孔,使得袜也湿了。

他上床暖一暖,脚伸在被子外面,我给他用一张破布擦着脚上冰凉的黑圈。

当他问我时,他和呆人一般,直直的腰也不弯:

"饿了吧?"

我几乎是哭了。

我说:"不饿。"

为了低头,我的脸几乎接触到他冰凉的脚掌。

他的衣服完全湿透,所以我到马路旁去买馒头。就在光身的木桌上,刷牙缸冒着气,刷牙缸伴着我们把馒头吃完。馒头既然吃完,桌上的铜板也要被吃掉似的。他问我:"够不够?"

我说:"够了。"

我问他:"够不够?"

他也说:"够了。"

隔壁的手风琴唱起来,它唱的是生活的痛苦吗?手风琴凄凄凉凉地唱呀!

登上桌子,把小窗打开。这小窗是通过人间的孔道:楼顶,烟囱,飞着雪沉重而浓黑的天空、路灯、警察、街车、小贩、乞丐,一切显现在这小孔道,繁繁忙忙的市街发着响。

隔壁的手风琴在我们耳里不存在了。

家庭教师

二十元票子,使他做了家庭教师。

这是第一天,他起得很早,并且脸上也像愉悦了些。我欢喜地跑到过道去倒脸水。心中埋藏不住这些愉快,使我一面折着被子,一面嘴里任意唱着什么歌的句子。而后坐到床沿,两腿轻轻地跳动,单衫的衣角在腿下抖荡。我又跑出门外,看了几次那个提篮卖面包的人,我想他应该吃些点心吧!八点钟他要去教书,天寒,衣单,又空着肚子,那是不行的,但是还不见那提着膨胀的篮子的人来到过道。

郎华做了家庭教师,大概他自己想也应该吃了。当我下楼时,他就自己在买,长形的大提篮已经摆在我们房间的门口。他仿佛是一个大蝎虎样,贪婪地,为着他的食欲,从篮子里往外捉取着面包、圆形的点心和"列巴圈",他强健的两臂,好像要把整个篮子抱到房间里才能满足。最后他会过钱,下了最大的决心,舍弃了篮子，跑回房中来吃。

还不到八点钟，他就走了。九点钟刚过，他就回来。下午太阳快落时，他又去一次，一个钟头又回来。他已经慌慌忙忙像是生活有了意义似的。

当他回来时，他带回一个小包袱，他说那是才从当铺取出的从前他当过的两件衣裳。他很有兴致地把一件夹袍从包袱里解出来，还一件小毛衣。

"你穿我的夹袍，我穿毛衣。"他吩咐着。

于是两个人各自赶快穿上。他的毛衣很合适。唯有我穿着他的夹袍，两只脚使我自己看不见，手被袖口吞没去，宽大的袖口，使我忽然感到我的肩膀一边挂好一个口袋，就是这样，我觉得很合适，很满足。

电灯照耀着满城市的人家。钞票带在我的衣袋里，就这样，两个人理直气壮地走在街上，穿过电车道，穿过扰嚷着的那条破街。

一扇破碎的玻璃门，上面封了纸片，郎华拉开它，并且回头向我说："很好的小饭馆，洋车夫和一切工人全都在这里吃饭。"我跟着进去。

里面摆着三张大桌子。我有点看不惯，好几部分食客都挤在一张桌上。屋子几乎要转不过来身。我想，让我坐在哪里呢？三张桌子都是满满的人。我在袖口外面捏了一下郎华的手说："一张空桌也没有，怎么吃？"他说："在这里吃饭是随随便便的，有空就坐。"他比我自然得多，接着他把帽子挂到墙壁上。堂倌走来，用他拿在手中已经擦满油腻的布巾抹了一下桌角，同时向旁边正在吃的那个人说："借光，借光。"

就这样,郎华坐在长板凳上那个人剩下来的一头。至于我呢,堂倌把掌柜独坐的那个圆板凳搬来,占据着大桌子的一头。我们好像存在也可以,不存在也可以似的。不一会儿,小小的菜碟摆上来。我看到一个小圆木砧上堆着煮熟的肉,郎华跑过去,向着木砧说了一声:"切半角钱的猪头肉。"

那个人把刀在围裙上——在那块脏布上抹了一下,熟练地挥动着刀在切肉。我想他怎么知道那叫猪头肉呢?很快地我吃到猪头肉了。后来我又看见火炉上煮着一个大锅,我想要知道这锅里到底盛的是什么,然而当时我不敢,不好意思站起来满屋摆荡。

"你去看看吧。"

"那没有什么好吃的。"郎华一面去看,一面说。

正相反,锅虽然满挂着油腻,里面却是肉丸子。掌柜连忙说:"来一碗吧?"

我们没有立刻回答。掌柜又连忙说:"味道很好哩。"

我们怕的倒不是味道好不好,既然是肉的,一定要多花钱吧!我们面前摆了五六个小碟子,觉得菜已经够了。他看看我,我看看他。

"这么多菜,还是不要肉丸子吧!"我说。

"肉丸还带汤。"我看他说这话,是愿意了,那么吃吧。一决心,肉丸子就端上来。

破玻璃门边,来来往往有人进出:戴破皮帽子的,穿破皮袄的,还有满身红绿的油匠,长胡子的老油匠,十二三岁尖嗓子的小油匠。

脚下有点潮湿得难过了,可是门仍不住地开关,人们仍是来来往往。一个岁数大一点的妇人,抱着孩子在门外乞讨,仅仅在人们开门时她说一声:"可怜可怜吧!给小孩点吃的吧!"然而她从不动手推门。后来大概她等到时间太长了,就跟着人们进来,停在门口,她还不敢把门关上,表示出她一得到什么东西很快就走的样子。忽然全屋充满了冷空气。郎华拿馒头正要给她,掌柜的摆着手:"多得很,给不得!"

靠门的那个食客强关了门,已经把她赶出去了,并且说:

"真她妈的,冷死人,开着门还行!"

不知哪一个发了这一声:"她是个老婆子,你把她推出去。若是个大姑娘,不抱住她,你也得多看她两眼。"

全屋人差不多都笑了,我却听不惯这话,我非常恼怒。

郎华为着猪头肉喝了一小壶酒,我也帮着喝。同桌的那个人只吃咸菜,喝稀饭,他结账时还不到一角钱。接着我们也结账:小菜每碟二分,五碟小菜,半角钱猪头肉,半角钱烧酒,丸子汤八分,外加八个大馒头。

走出饭馆,使人吃惊,冷空气立刻裹紧全身,高空闪烁着繁星。我们奔向有电车经过叮叮响的那条街口。

"吃饱没有?"他问。

"饱了。"我答。

经过街口卖零食的小亭子,我买了两纸包糖,我一块,他一块,一面上楼,一面吮着糖的滋味。

"你真像个大口袋!"他吃饱了以后才向我说。

同时我打量着他,也非常不像样。在楼下大镜子前面,两个人照了好久。他的帽子仅仅扣住前额,后脑勺被忘记似的,离得帽子老远老远的独立着。很大的头,顶个小卷沿帽,最不相宜的就是这个小卷沿帽,在头顶上看起来十分不牢固,好像乌鸦落在房顶，有随时飞走的可能。别人送给他的那身学生服短而且宽。

走进房间，像两个大孩子似的，互相比着舌头，他吃的是红色的糖块，所以是红舌头，我是绿舌头。比完舌头之后，他忧愁起来，指甲在桌面上不住地敲响。

"你看，我当家庭教师有多么不带劲！来来往往冻得和个小叫花子似的。"

当他说话时，在桌上敲着的那只手的袖口，已是破了，拖着线条。我想破了倒不要紧，可是冷怎么受呢？

长久的时间静默着，灯光照在两人脸上，也不跳动一下，我说要给他缝缝袖口，明天要买针线。说到袖口，他警觉一般看了一下袖口，脸上立刻浮现着幻想，并且嘴唇微微张开，不太自然似的，又不说什么。

关了灯，月光照在窗外，反映得全室微白。两人扯着一张被子，头下破书当作枕头。隔壁手风琴又咿咿呀呀地在诉说生之苦乐。乐器伴着他，他慢慢打开他幽禁的心灵了。

"敏子！……这是敏子姑娘给我缝的。可是过去了，过去了就没有什么意义。我对你说过，那时候我疯狂了。直到最末一次信来，才算结束，结束就是说从那时起她不再给我来信了。这样意外的，相信也不能相信的事情，弄得我昏迷了许多日子……以前许多信都是写着爱我……甚至于说非爱我不可。最末一次信却骂起我来，直到现在我还不相信，可是事实是那样……"

他起来去拿毛衣给我看。

"你看过桃色的线……是她缝的……敏子缝的……"

又灭了灯，隔壁的手风琴仍不停止。在说话里边他叫那个名字"敏子！敏子"，都是喉头发着水声。

"很好看的，小眼眉很黑……嘴唇很……很红啊！"说到恰好的时候，在被子里边他紧紧捏了我一下手。我想我又不是她。

"嘴唇通红通红……啊……"他仍说下去。

马蹄打在街石上嗒嗒地响。每个院落在想象中也都睡去。

提篮者

提篮人，他的大篮子，长形面包，圆面包……每天早晨他带来诱人的麦香，等在过道。

我数着……三个，五个，十个……把所有的铜板给了他。一块黑面包摆在桌子上。郎华回来第一件事，他在面包上掘了一个洞，连帽子也没脱，就嘴里嚼着，又去找白盐。他从外面带进来的冷空气发着腥味。他吃面包，鼻子时时滴下清水滴。

"来吃啊！"

"就来。"我拿了刷牙缸，跑下楼去倒开水。回来时，面包差不多只剩硬壳在那里。

他紧忙说："我吃得真快，怎么吃得这样快？真自私，男人真自私。"只端起牙缸来喝水，他再不吃了！我再叫他吃他也不吃，只说："饱了，饱了！吃去你的一半还不够吗？男人不好，只顾自己。你的病刚好，一定要吃饱的。"

他给我讲他怎样要开一个"学社",教武术,还教什么什么——这时候,他的手已凑到面包壳上去,并且另一只手也来了!扭了一块下去,已经送到嘴里,已经咽下去,他也没有发觉;第二次又来扭,可是说了:"我不应该再吃,我已经吃饱。"

他的帽子仍没有脱掉,我替他脱了去,同时送一块面包皮到他的嘴上。

喝开水,他也是一直喝,等我向他要,他才给我。

"晚上,我领你到饭馆去吃。"我觉得很奇怪,没钱怎么可以到饭馆去吃呢!

"吃完就走,这年头不吃还饿死?"他说完,又去倒开水。

第二天,挤满面包的大篮子已等在过道。我始终没推开门。门外有别人在买,即使不开门,我也好像嗅到麦香。对面包,我害怕起来,不是我想吃面包,怕是面包要吞了我。

"列巴,列巴!"哈尔滨叫面包作"列巴",卖面包的人打着我们的门在招呼。带着心惊,买完了说:

"明天给你钱吧,没有零钱。"

星期日,家庭教师也休息。只有休息,连早饭也没有。提篮人在打门,郎华跳下床去,比猫跳得更得法,轻快,无声。我一动不动,"列巴"就摆在门口。郎华光着脚,只穿一件短裤,衬衣搭在肩上,胸膛露在外面。

一块黑面包,一角钱。我还要五分钱的"列巴圈",那人用绳穿起来。我还说:"不用!不用!"我打算就要吃了!我伏在床上,把头抬起来,正像见了桑叶而抬头的蚕一样。

可是,立刻受了打击,我眼看着那人从郎华的手上把面包夺回去，五个"列巴圈"也夺回去。

"明早一起取钱不行吗？"

"不行，昨天那半角也给我吧！"

我充满口涎的舌头向嘴唇舐了几下，不但"列巴圈"没有吃到，把所有的铜板又都带走了。

"早饭吃什么呀？"

"你说吃什么？"

锁好门，他回到床上时，冰冷的身子贴住我。

饿

"列巴圈"挂在过道别人的门上，过道好像还没有天明，可是电灯已经熄了。夜间遗留下来睡蒙蒙的气息充塞在过道，茶房气喘着，抹着地板。我不愿醒得太早，可是已经醒了，同时再不能睡去。

厕所房的电灯仍开着，和夜间一般昏黄，好像黎明还没有到来，可是"列巴圈"已经挂上别人家的门了！有的牛奶瓶也规规矩矩地等在别的房间外。只要一醒来，就可以随便吃喝。但，这都只限于别人，是别人的事，与自己无关。

扭开了灯，郎华睡在床上，他睡得很恬静，连呼吸也不震动空气一下。听一听过道连一个人也没走动。全旅馆的三层楼都在睡中，越这样静越引诱我，我的那种想头越坚决。过道尚没有一点声息，过道越静越引诱我，我的那种想头越想越充胀我：去拿吧！正是时候，即使是偷，那就偷吧！

轻轻扭动钥匙，门一点响动也没有。探头看了看，"列巴圈"对门就挂着，东隔壁也挂着，西隔壁也挂着。天快亮了！牛奶瓶的乳白色看得真真切切，"列巴圈"比每天也大了些，结果什么也没有去拿，我心里发烧，耳朵也热了一阵，立刻想到这是"偷"。儿时的记忆再现出来，偷梨吃的孩子最羞耻。过了好久，我就贴在已关好的门扇上，大概我像一个没有灵魂的、纸剪成的人贴在门扇。大概这样吧：街车唤醒了我，马蹄嗒嗒、车轮吱吱地响过去。我抱紧胸膛，把头也挂到胸口，向我自己的心说："我饿呀！不是'偷'呀！"

第二次也打开门，这次我决心了！偷就偷，虽然是几个"列巴圈"，我也偷，为着我"饿"，为着他"饿"！

第二次又失败，那么不去做第三次？下了最后的决心，爬上床，关了灯，推一推郎华，他没有醒，我怕他醒。在"偷"这一刻，郎华也是我的敌人；假若我有母亲，母亲也是敌人。

天亮了！人们醒了。做家庭教师，无钱吃饭也要去上课，并且要练武术。他喝了一杯茶走的，过道那些"列巴圈"早已不见，都让别人吃了。

从昨夜到中午，四肢软一点，肚子好像被踢打放了气的皮球。

窗子在墙壁中央，天窗似的，我从窗口伸了出去，赤裸裸，完全和日光接近。市街临在我的脚下，直线的，错综着许多角度的楼房；大柱子一般工厂的烟囱，街道横顺交织着，秃光的街树。白云在天空作出各样的曲线，高空的风吹乱我的头发，飘荡我的衣襟。市街像一张繁繁杂杂、颜色不清晰的地图，挂在我们眼前。楼顶和树梢都挂住一层稀薄的白霜，整个城市在阳光下闪闪烁烁撒了一层银片。我的衣襟被风拍着作响，我冷了，我孤孤独独的好像站在无人的山顶。每家楼顶的白霜，一刻不是银片了，而是些雪花、冰花，或是什么更严寒的东西在吸我，像全身浴在冰水里一般。

我披了棉被再出现到窗口，那不是全身，仅仅是头和胸突在窗口。一个女人站在一家药店门口讨钱，手下牵着孩子，衣襟裹着更小的孩子。药店没有人出来理她，过路人也不理她，都像说她有孩子不对，穷就不该有孩子，有也应该饿死。

我只能看到街路的半面，那女人大概向我的窗下走来，因为我听见那孩子的哭声很近。

"老爷，太太，可怜可怜……"可是看不见她在逐谁，虽然是三层楼，也听得这般清楚，她一定是跑得颠颠断断地呼喘，"老爷老爷……可怜吧！"

那女人一定正像我，一定早饭还没有吃，也许昨晚的也没有吃。她在楼下急迫地来回的呼声传染了我，肚子立刻响起来，肠子不住地呼叫……

郎华仍不回来，我拿什么来喂肚子呢？桌子可以吃吗？草褥子可以吃吗？

晒着阳光的行人道，来往的行人，小贩，乞丐……这一些看得我疲倦了！打着呵欠，从窗口爬下来。

窗子一关起来，立刻生满了霜，过一刻，玻璃片就流着眼泪了！起初是一条条的，后来就大哭了！满脸是泪，好像在行人道上讨饭的母亲的脸。

我坐在小屋,像饿在笼中的鸡一般,只想合起眼睛来静着,默着,但又不是睡。

"咚,咚!"这是谁在打门!我快去开门,是三年前旧学校里的图画先生。

他和从前一样很喜欢说笑话,没有改变,只是胖了一点,眼睛又小了一点。他随便说,说得很多。他的女儿,那个穿红花旗袍的小姑娘,又加了一件黑绒上衣,她在藤椅上,怪美丽的。但她有点不耐烦的样子:"爸爸,我们走吧。"小姑娘哪里懂得人生!小姑娘只知道美,哪里懂得人生?

曹先生问:"你一个住在这里吗?"

"是——"我当时不晓得为什么答应"是",明明是和郎华同住,怎么要说自己住呢?

好像这几年并没有别开,我仍在那个学校读书一样。他说:

"还是一个人好,可以把整个的心身献给艺术。你现在不喜欢画,你喜欢文学,就把全心身献给文学。只有忠心于艺术的心才不空虚,只有艺术才是美,才是真美。'爱情'这话很难说,若是为了性欲才爱,那么就不如临时解决,随便可以找到一个,只要是异性。爱是爱,爱很不容易,那么就不如爱艺术,比较不空虚……"

"爸爸,走吧!"小姑娘哪里懂得人生,只知道"美"。她看一看这屋子一点意思也没有,床上只铺一张草褥子。

"是,走——"曹先生又说,眼睛指着女儿,"你看我,十三岁就结了婚。这不是吗?曹云都十五岁啦!"

"爸爸,我们走吧!"

他和几年前一样,总爱说"十三岁就结了婚"。差不多全校同学都知道曹先生是十三岁结婚的。

"爸爸,我们走吧!"

他把一张票子丢在桌上就走了!那是我写信去要的。

郎华还没有回来,我应该立刻想到饿,但我完全被青春迷惑了。读书的时候,哪里懂得"饿"?只晓得青春最重要,虽然现在我也并没老,但总觉得青春是过去了!过去了!

我冥想了一个长时期,心浪和海水一般翻了一阵。

追逐实际吧!青春,唯有自私的人才系念它!"只有饥寒,没有青春!"

几天没有去过的小饭馆,又坐在那里边吃喝了。"很累了吧!腿可疼?道外道里要有十五里路。"我问他。

只要有得吃,他也很满足,我也很满足。其余什么都忘了!

那个饭馆,我已经习惯,还不等他坐下,我就抢个地方先坐下,我也把菜的名字记得很熟,什么辣椒白菜啦,雪里红豆腐啦……什么酱鱼啦!怎么叫酱鱼呢?哪里有鱼!用鱼骨头炒一点酱,借一点腥味就是啦!我很有把握,我简直都不用算一算就知道这些菜也超不过一角钱。因此我用很大的声音招呼,我不怕,我一点也不怕花钱。

回来没有睡觉之前,我们一面喝着开水,一面说:"这回又饿不着了,又够吃些日子。"

闭了灯,又满足又安适地睡了一夜。

他的上唇挂霜了

他夜夜出去在寒月的清光下,到五里路远一条僻街上去教两个人读国文课本。这是新找到的职业,不能说是职业,只能说新找到十五元钱。秃着耳朵,夹外套的领子还不能遮住下巴,就这样夜夜出去,一夜比一夜冷了!听得见人们踏着雪地的响声也更大。他带着雪花回来,裤子下口全是白色,鞋也被雪浸了一半。

"又下雪吗?"

他一直没有回答,像是同我生气。把袜子脱下来,雪积满他的袜口,我拿他的袜子在门扇上打着,只有一小部分雪星是震落下来,袜子的大部分全是潮湿了的。等我在火炉上烘袜子的时候,一种很难忍的气味满屋散布着。

"明天早晨晚些吃饭,南岗有一个要学武术的。等我回来吃。"他说这话,完全没有声色,把声音弄得很低很低……或者他想要严肃一点,也或者他把这事故意看作平凡的事。总之,我不能猜到了!

他赤了脚,穿上"傻鞋",去到对门上武术课。

"你等一等,袜子就要烘干的。"

"我不穿。"

"怎么不穿,汪家有小姐的。"

"有小姐,管什么?"

"不是不好看吗?"

"什么好看不好看!"他光着脚去,也不怕小姐们看,汪家有两个很漂亮的小姐。

他很忙:早晨起来,就跑到南岗去;吃过饭,又要给他的小徒弟上国文课;一切忙完了,又跑出去借钱;晚饭后,又是教武术,又是去教中学课本。

夜间,他睡觉醒也不醒转来,我感到非常孤独了!白昼使我对着一些家具默坐,我虽生着嘴,也不言语;我虽生着腿,也不能走动;我虽生着手,而也没有什么做,和一个废人一般,有多么寂寞!连视线都被墙壁截止住,连看一看窗前的麻雀也不能够,什么也不能够,玻璃生满厚的和绒毛一般的霜雪。这就是"家",没有阳光,没有暖,没有声,没有色;这就是"家",寂寞的家,穷的家,不生毛草的荒凉的广场。

我站在小过道窗口等郎华,我的肚子很饿。

铁门扇响了一下;我的神经便要震荡一下;铁门响了无数次,来来往往都是和我无关的人。汪林她很大的皮领子和她很响的高跟鞋相配称,她摇摇晃晃,满满足足,她的肚子想来很饱很饱,向我笑了笑,滑稽的样子用手指点我一下:"啊!又在等你的郎华⋯⋯"

她快走到门前的木阶,还说着:"他出去,你天天等他,真是怪好的一对!"

她的声音在冷空气里来得很脆,也许是少女们特有的喉咙。对于她,我立刻把她忘记,也许原来就没把她看见,没把她听见。假若我是个男人，怕是也只有这样。肚子响叫起来。

汪家厨房传出来炒酱的气味，隔得远我也会嗅到，他家吃炸酱面吧！炒酱的铁勺子一响，都像说："炸酱，炸酱面……"

在过道站着，脚冻得很痛，鼻子流着鼻涕。我回到屋里，关好二层门，不知是想什么，默坐了好久。汪林的二姐到冷屋去取食物，我去倒脏水见她，平日不很说话，很生疏，今天她却说：

"没去看电影吗？这个片子不错，胡蝶主演。"她蓝色的大耳环永远吊荡着不能停止。

"没去看。"我的夹袍子冷透骨了！

"这个片很好，煞尾是结了婚，看这片子的人都猜想，假若演下去，那是怎么美满的……"

她热心地来到门缝边，在门缝我也看到她大长的耳环在摆动。

"进来玩玩吧！"

"不进去，要吃饭啦！"

郎华回来了，他的上唇挂霜了！汪二小姐走得很远时，她的耳环和她的话声仍震荡着："和你度蜜月的人回来啦，他来了。"

好寂寞的、好荒凉的家呀！他从口袋取出烧饼来给我吃。

他又走了，说有一家招请电影广告员，他要去试试。

"什么时候回来？什么时候回来？"我追赶到门外问他，好像很久捉不到的鸟儿，捉到又飞了！失望和寂寞，虽然吃着烧饼，也好像饿倒下来。

小姐们的耳环，对比着郎华的上唇挂着的霜。对门居着，他家的女儿看电影，戴耳环；我家呢？我家……

当　铺

"你去当吧！你去当吧，我不去！"

"好，我去，我就愿意进当铺，进当铺我一点也不怕，理直气壮。"

新做起来的，我的棉袍，一次还没有穿，就跟着我进当铺去了！在当铺门口稍微徘徊了一下，想起出门时郎华要的价目——非两元不当。

包袱送到柜台上，我是仰着脸，伸着腰，用脚尖站起来送上去的，真不晓得当铺为什么摆起这么高的柜台！

那戴帽头的人翻着衣裳看，还不等他问，我就说了：

"两块钱。"

他一定觉得我太不合理，不然怎么连看我一眼也没看，就把东西卷起来，他把包袱仿佛要丢在我的头上，他十分不耐烦的样子。

"两块钱不行，那么，多少钱呢？"

"多少钱都不要。"他摇摇像长西瓜形的脑袋，小帽头顶尖的红帽球，也跟着摇了摇。

我伸手去接包袱，我一点也不怕，我理直气壮，我明明知道他故意作难，正想把包袱接过来就走。猜得对对的，他并不把包袱真给我。

"五毛钱！这件衣服袖子太瘦，卖不出钱来……"

"不当。"我说。

"那么一块钱……再可不能多了,就是这个数目。"他把腰微微向后弯一点,柜台太高,看不出他突出的肚囊……

一只大手指,就比在和他太阳穴一般高低的地方。

带着一元票子和一张当票,我快快地走,走起路来感到很爽快,默认自己是很有钱的人。菜市、米店我都去过,臂上抱了很多东西,感到非常愿意抱这些东西,手冻得很痛,觉得这是应该,对于手一点也不感到可惜,本来手就应该给我服务,好像冻掉了也不可惜。走在一家包子铺门前,又买了十个包子,看一看自己带着这些东西,很骄傲,心血时时激动,至于手冻得怎样痛,一点也不可惜。路旁遇见一个老叫花子,又停下来给他一个大铜板,我想我有饭吃,他也是应该吃啊!然而没有多给,只给一个大铜板,那些我自己还要用呢!又摸一摸当票也没有丢,这才重新走,手痛得什么心思也没有了,快到家吧!快到家吧!但是,背上流了汗,腿觉得很软,眼睛有些刺痛,走到大门口,才想起来从搬家还没有出过一次街,走路腿也无力,太阳光也怕起来。

又摸一摸当票才走进院去。郎华仍躺在床上,和我出来的时候一样,他还不习惯于进当铺。他是在想什么。拿包子给他看,他跳起来:"我都饿啦,等你也不回来。"

十个包子吃去一大半,他才细问:"当多少钱?当铺没欺负你?"

把当票给他,他瞧着那样少的数目:

"才一元,太少。"

虽然说当得的钱少,可是又愿意吃包子,那么结果很满足。他在吃包子的嘴,看起来比包子还大,一个跟着一个,包子消失尽了。

买皮帽

"破烂市"上搭起着阴棚,很大一块地盘全然被阴棚联络起来,不断地摆着摊子:鞋,袜,帽子,面巾,这都是应用的东西。摆出来最多的,是男人的裤子和衬衫。我打量了郎华一下,这裤子他应该买一条。我正想问价钱的时候,忽然又被那些大大小小的皮外套吸引住。仰起头,看那些挂得很高的、一排一排的外套,宽大的领子,黑色毛皮的领子,虽是马夫穿的外套,郎华穿不也很好吗?又正想问价钱,郎华在那边叫我:"你来。这个帽子怎么样?"

他拳头上顶着一个四个耳朵的帽子,正在转着弯看。我一见那和猫头一样的帽就笑了,我还没有走到他近边,我就说:"不行。"

"我小的时候,在家乡尽戴这个样帽子。"他赶快顶在头上试一试,立刻他就变成个小猫样。"这真暖和!"他又把左右的两个耳朵放下来,立刻我又看他像个小狗——因为小时候爷爷给我买过这样"巴儿狗帽",爷爷叫它"巴儿狗帽"。

"这帽子暖和得很!"他又顶在拳头上转着弯,摇了两下。

脚在阴棚里冻得难忍,在小的行人道跑了几个弯子,许多"飞机帽",这个那个,他都试过。黑色的比黄色的价钱便宜两角,他喜欢黄色的，同时又喜欢少花两角钱，于是走遍阴棚在寻找。

"你的……什么的要？"出摊子的人这样问着。同是中国人，却把中国人当作日本或是高丽人。

我们不能买他的东西，很快地跑了过去。

郎华带上飞机帽子！两个大皮耳朵上面长两个小耳朵。

"快走啊，快走。"

绕过不少路，才走出阴棚。若不是他喊我，我真被那些衣裳和裤子恋住了，尤其是马车夫们穿的羊皮外套。

重见天日时，我慌忙着跟上郎华去！

"还剩多少钱？"

"五毛。"

走过菜市，从前吃饭那个小饭馆，我想提议进去吃包子，一想到五角钱，只好硬着心肠，背了自己的愿望走过饭馆。五角钱要吃三天，哪能进饭馆子？

街旁许多卖花生、瓜子的。

"有铜板吗？"我拉了他一下。

"没有，一个没有。"

"没有就完事。"

"你要买什么？"

"不买什么！"

"要买什么，这不是有票子吗？"他停下来不走。

"我想买点瓜子，没有铜板就不买。"

大概他想：爱人要买几个铜板瓜子的愿望都不能满足！于是慷慨地摸着他的衣袋。这不是给爱人买瓜子的时候，吃饭比瓜子更要紧,饿比爱人更要紧。

风雪吹着,我们走回家来了。手疼,脚疼,我白白地跟着跑了一趟。

广告员的梦想

有一个朋友到一家电影院去画广告,月薪四十元。画广告留给我一个很深的印象,我一面烧早饭一面看报,又有某个电影院招请广告员被我看到,立刻我动心了:我也可以吧?从前在学校时不也学过画吗?但不知月薪多少。

郎华回来吃饭,我对他说,他很不愿意做这事。他说:

"尽骗人。昨天别的报上登着一段招聘家庭教师的广告,我去接洽,其实去的人太多,招一个人,就要去十个,二十个……"

"去看看怕什么?不成,完事。"

"我不去。"

"你不去,我去。"

"你自己去?"

"我自己去!"

第二天早晨,我又留心那块广告,这回更能满足我的欲望。那文告又改登一次,月薪四十元,明明白白的是四十元。

"看一看去。不然,等着职业,职业会来吗?"我又向他说。

"要去，吃了饭就去，我还有别的事。"这次，他不很坚决了。

走在街上，遇到他一个朋友。

"到哪里去？"

"接洽广告员的事情。"

"就是《国际协报》登的吗？"

"是的。"

"四十元啊！"这四十元他也注意到。

十字街商店高悬的大表还不到十一点钟，十二点才开始接洽。已经寻找得好疲乏了，已经不耐烦了，代替接洽的那个"商行"才寻到。指明的是石头道街，可是那个"商行"是在石头道街旁的一条顺街尾上，我们的眼睛缭乱起来。走进"商行"去，在一座很大的楼房二层楼上，刚看到一个长方形的亮铜牌钉在过道，还没看到究竟是什么个"商行"，就有人截住我们："什么事？"

"来接洽广告员的！"

"今天星期日，不办公。"

第二天再去的时候，还是有勇气的。是阴天，飞着清雪。

那个"商行"的人说：

"请到电影院本家去接洽吧。我们这里不替他们接洽了。"

郎华走出来就埋怨我：

"这都是你主张，我说他们尽骗人，你不信！"

"怎么又怨我？"我也十分生气。

"不都是想当广告员吗？看你当吧！"

吵起来了。他觉得这是我的过错，我觉得他不应该同我生气。走路时，他在前面总比我快一些，他不愿意和我一起走的样子，好像我对事情没有眼光,使他讨厌的样子。冲突就这样越来越大,当时并不去怨恨那个"商行",或是那个电影院,只是他生气我,我生气他,真正的目的却丢开了。两个人吵着架回来。

第三天,我再不去了。我再也不提那事,仍是在火炉板上烘着手。他自己出去,戴着他的飞机帽。

"南岗那个人的武术不教了。"晚上他告诉我。

我知道,就是那个人不学了。

第二天,他仍戴着他的飞机帽走了一天。到夜间,我也并没提起广告员的事。照样,第三天我也并没有提,我已经没有兴致想找那样的职业。可是他自动地,比我更留心,自己到那个电影院去过两次。

"我去过两次,第一回说经理不在,第二回说过几天再来吧。真他妈的!有什么劲,只为着四十元钱,就去给他们耍宝!画的什么广告?什么情火啦,艳史啦,甜蜜啦,真是无耻和肉麻!"

他发的议论,我是不回答的。他愤怒起来,好像有人非捉他去做广告员不可。

"你说,我们能干那样无聊的事?去他娘的吧!滚蛋吧!"他竟骂起来。跟着,他就骂起自己来:"真是浑蛋,不知耻的东西,自私的爬虫!"

直到睡觉时,他还没忘掉这件事,他还向我说:"你说,我们不是自私的爬虫是什么?只怕自己饿死,去画广告。画得好一点,不怕肉麻,多招来一些看情史的,使人们羡慕富丽,使人们一步一步地爬上去……就是这样,只怕自己饿死,毒害多少人不管,人是自私的东西……若有人每月给二百元,不是什么都干了吗?我们就是不能够推动历史,也不能站在相反的方面努力败坏历史!"

他讲的使我也感动了,并且声音不自知地越讲越大,他已经开始更细地分析自己……

"你要小点声啊,房东那屋常常有日本朋友来。"我说。

又是一天,我们在"中央大街"闲荡着,很瘦很高的老秦在他肩上拍了一下。冬天下午三四点钟时,已经快要黄昏了,阳光仅仅留在楼顶,渐渐微弱下来。街路完全在晚风中,就是行人道上,也有被吹起的霜雪扫着人们的腿。

冬天在行人道上遇见朋友,总是不把手套脱下来就握手的。那人的手套大概很凉吧,我见郎华的赤手握了一下就抽回来。我低下头去,顺便看到老秦的大皮鞋上撒着红绿的小斑点。

"你的鞋上怎么有颜料?"

他说他到电影院去画广告了。他又指给我们电影院就是眼前那个,他说:

"我的事情很忙,四点钟下班,五点钟就要去画广告。你们可以不可以帮我一点忙?"

听了这话,郎华和我都没回答。

"五点钟,我在卖票的地方等你们。你们一进门就能看见我。"老秦走开了。

晚饭吃的烤饼,差不多每张饼都半生就吃下的,为着忙,也没到桌子上去吃,就围在炉边吃的。他的脸被火烤得通红。我是站着吃的。看一看新买的小表,五点了,所以连汤锅也没有盖起我们就走出了,汤在炉板上蒸着气。

不用说我是连一口汤也没喝,郎华已跑在我的前面。我一面弄好头上的帽子,一面追随他。才要走出大门时,忽然想起火炉旁还堆着一堆木柴,怕着了火,又回去看了一趟。等我再出来的时候,他已跑到街口去了。

他说我:"做饭也不晓得快做!磨蹭,你看晚了吧!女人就会磨蹭,女人就能耽误事!"

可笑的内心起着矛盾。这行业不是干不得吗?怎么跑得这样快呢?他抢着跨进电影院的门去。我看他矛盾的样子,好像他的后脑勺也在起着矛盾,我几乎笑出来,跟着他进去了。

不知俄国人还是英国人,总之是大鼻子,站在售票处卖票。问他老秦,他说不知道。问别人,又不知道哪个人是电影院的人。等了半个钟头也不见老秦,又只好回家了。

他的学说一到家就生出来,照样生出来:"去他娘的吧!那是你愿意去。那不成,那不成啊!人,这自私的东西,多碰几个钉子也对。"

他到别处去了,留我一个人在家。

"你们怎么不去找找?"老秦一边脱着皮帽,一边说。

"还到哪里找去?等了半点钟也看不到你!"

"我们一同走吧。郎华呢?"

"他出去了。"

"那么我们先走吧。你就是帮我忙,每月四十元,你二十,我二十,均分。"

在广告牌前站到十点钟才回来。郎华找我两次也没有找到,所以他正在房中生气。

这一夜,我和他就吵了半夜。他去买酒喝,我也抢着喝了一半。哭了,两个人都哭了。

他醉了以后在地板上囔着说:

"一看到职业,什么也不管就跑了,有职业,爱人也不要了!"

我是个很坏的女人吗?只为了二十元钱,把爱人气得在地板上滚着!醉酒的心,像有火烧,像有开水在滚,就是哭也不知道有什么要哭,已经推动了理智。他也和我同样。

第二天酒醒,是星期日。他同我去画了一天的广告。我是老秦的副手,他是我的副手。

第三天就没有去,电影院另请了别人。

广告员的梦到底做成了,但到底是碎了。

新　识

太寂寞了,"北国"人人感到寂寞。一群人组织一个画会,大概是我提议的吧!又组织一个剧团,第一次参加讨论剧团事务的人有十几个,是借民众教育馆阅报室讨论的。其中有一个脸色很白,多少有一点像政客的人,下午就到他家去继续讲座。许久没有到过这样暖的屋子,壁炉很热,阳光晒在我的头上——明亮而暖和的屋子使我感到热了!第二天是个假日,大家又到他家去。那是夜了,在窗子外边透过玻璃的白霜,晃晃荡荡的一些人在屋里闪动,同时阵阵起着高笑。我们打门的声音几乎没有人听到,后来把手放重一些,但是仍没有人听到。后来敲玻璃窗片,这回立刻从纱窗帘现出一个灰色的影子,那影子用手指在窗子上抹了一下,黑色的眼睛出现在小洞上。于是声音同人一起来到过道了。

"郎华来了,郎华来了!"开了门,一面笑着一面握手。虽然是新识,但非常熟识了!

我们在客厅门外除了外套,差不多挂衣服的钩子都将挂满。

"我们来得晚了吧!"

"不算晚,不算晚,还有没到的呢!"

客厅的台灯也开起来,几个人围在灯下读剧本,还有一个从前的同学也在读剧本。她的背靠着炉壁,淡黄色有点闪光的炉壁衬在背后,她黑的做着曲卷的头发就要散到肩上去。她演剧一般地在读剧本。她波状的头发和充分做着圆形的肩,停在淡黄色的壁炉前,是一幅完成的少妇美丽的剪影。

她一看到我就在读剧本了!我们两个靠着墙,无秩序地谈了些话,研究着壁上嵌在大框子里的油画。我受冻的脚遇到了热,在鞋里面作痒。这是我自己的事,努力忍着好了!

客厅中那么许多人都是生人。大家一起喝茶,吃瓜子。这家的主人来来往往地走,他很像一个主人的样子,他讲话的姿势很温和、面孔带着敬意,并且时时整理他的上衣——挺一挺胸,直一直胳臂,他的领结不知整理多少次,这一切表示个主人的样子。

客厅每一个角落有一张门,可以通到三个另外的小屋去,其余的一张门是通过道的。就从一个门中走出一个穿皮外套的女人,转了一个弯,她走出客厅去了。

我正在台灯下读着一个剧本时,听到郎华和什么人静悄悄在讲话。看去是一个胖军官样的人和郎华对面立着。他们走到客厅中央圆桌的地方坐下来。他们的谈话我听不懂,什么"炮二队""第九期,第八期",又是什么人,我从未听见过的名字郎华说出来,那人也说,总之很稀奇。不但我感到稀奇,为着这样生疏的术语,所有客厅中的人都静肃了一下。

从右角的门扇走出一个小女人来,虽然穿着高跟鞋,但她像个小"蒙古"。胖人站起来说:

"这是我的女人!"

郎华也把我叫过去,照样也说给他们。这样一来,我就可以坐在旁边细听他们的讲话了!

走在回家的路上,郎华告诉我:

"那个是我的同学啊!"

电车不住地响着铃子,冒着绿火。半面月亮升起在西天,街角卖豆浆的灯火好像个小萤火虫,卖浆人守着他渐渐冷却的浆锅,默默打转。夜深了!夜深了!

十元钞票

在绿色的灯下,人们跳着舞狂欢着,有的抱着椅子跳,胖朋友他也丢开风琴,从角落扭转出来,他扭到混杂的一堆人去,但并不消失在人中。因为他胖,同时也因为他跳舞做着怪样,他十分不协调的在跳，两腿扭颤得发着疯。他故意妨碍别人，最终他把别人都弄散开去，地板中央只留下一个流汗的胖子。人们怎样大笑，他不管。

"老牛跳得好！"人们向他招呼。

他不听这些，他不是跳舞，他是乱跳瞎跳，他完全胡闹，他蠢得和猪、和蟹子那般。

红灯开起来，扭扭转转的那一些绿色的人变红起来。红灯带来另一种趣味，红灯带给人们更热心的胡闹。瘦高的老桐扮了一个女相，和胖朋友跳舞。女人们笑流泪了！直不起腰了！但是胖朋友仍是一拐一拐的。他的"女舞伴"在他的手臂中也是谐和地把头一扭一拐，扭得太丑，太愚蠢，几乎要把头扭掉，要把腰扭断，但是她还扭，好像很不要脸似的，一点也不知羞似的。那满脸的红胭脂呵！那满脸丑恶得到妙处的笑容。

第二次老桐又跑去化装，出来时，头上包一张红布，脖子后拖着很硬的但有点颤动的棍状的东西。那是用红布扎起来的、扫帚把柄的样子，生在他的脑后。又是跳舞，每跳一下，脑后的小尾巴就随着颤动一下。

跳舞结束了，人们开始吃苹果，吃糖，吃茶。就是吃也没有个吃的样子！有人说：

"我能整吞一个苹果。"

"你不能，你若能整吞个苹果，我就能整吞一个活猪！"另一个说。

自然，苹果也没有吞，猪也没有吞。

外面对门那家锁着的大狗，锁链子在响动。腊月开始严寒起来，狗冻得小声吼叫着。

带颜色的灯闭起来,因为没有颜色的刺激,人们暂时安定了一刻。因为过于兴奋的缘故,我感到疲乏,也许人人都感到疲乏,大家都安定下来,都像恢复了人的本性。

小"电驴子"从马路嘟嘟地跑过,又是日本宪兵在巡逻吧!可是没有人害怕,人们对于日本宪兵的印象还浅。

"玩呀!乐呀!"第一个站起的人说。

"不乐白不乐,今朝有酒今朝醉……"大个子老桐也说。

胖朋友的女人拿一封信,送到我的手里:

"这信你到家去看好啦!"

郎华来到我的身边。也不知道这是什么意思,我就把信放到衣袋中。只要一走出屋门,寒风立刻刮到人们的脸,外衣的领子竖起来,显然郎华的夹外套是感到冷,但是他说:"不冷。"

一同出来的人,都讲着过旧年时比这更有趣味,那一些趣味早从我们跳开去。我想我有点饿,回家可吃什么?于是别的人再讲什么,我听不到了!郎华也冷了吧,他拉着我走向前面,越走越快了,使我们和那些人远远地分开。

在蜡烛旁忍着脚痛看那封信,信里边十元钞票露出来。

夜是如此静了,小狗在房后吼叫。

第二天,一些朋友来约我们到"牵牛房"去吃夜饭。果然吃很好,这样的饱餐,非常觉得不多得,有鱼,有肉,有很好滋味的汤。又是玩到半夜才回来。这次我走路时很起劲,饿了也不怕,在家有十元票子在等我。我特别充实地迈着大步,寒风不能打击我。

"新城大街","中央大街",行人很稀少了!人走在行人道,好像没有挂掌的马走在冰面，很小心的，然而时时要跌倒。店铺的铁门关得紧紧，里面无光了，街灯和警察还存在。警察和垃圾箱似的失去了威权，他背上的枪提醒着他的职务，若不然他会依着电线柱睡着的。再走就快到"商市街"了！然而今夜我还没有走够，"马迭尔"旅馆门前的大时钟孤独挂着。向北望去，松花江就是这条街的尽头。

我的勇气一直到"商市街"口还没消灭，脑中，心中，脊背上，腿上，似乎各处有一张十元票子，我被十元票子鼓励得肤浅得可笑了。

是叫花子吧！起着哼声，在街的那头在移动。我想他没有十元票子吧！

铁门用钥匙打开，我们走进院去，但，我仍听得到叫花子的哼声……

同命运的小鱼

我们的小鱼死了。它从盆中跳出来死的。

我后悔，为什么要出去那么久！为什么只贪图自己的快乐而把小鱼干死了！

那天鱼放到盆中去洗的时候，有两条又活了，在水中立起身来。那么只用那三条死的来烧菜。鱼鳞一片一片地掀掉，沉到水盆底去；肚子剥开，肠子流出来。我只管掀掉鱼鳞，我还没有洗过鱼，这是试着干，所以有点害怕，并且冰凉的鱼的身子，我总会联想到蛇，剥鱼肚子我更不敢了。郎华剥着，我就在旁边看，然而看也有点躲躲闪闪，好像乡下没有教养的孩子怕着已死的猫会还魂一般。

"你看你这个无用的，连鱼都怕。"说着，他把已经收拾干净的鱼放下，又剥第二个鱼肚子。这回鱼有点动，我连忙扯了他的肩膀一下："鱼活啦，鱼活啦！"

"什么活啦！神经质的人，你就看着好啦！"他逞强一般的在鱼肚子上划了一刀，鱼立刻跳动起来，从手上跳下盆去。

"怎么办哪？"这回他向我说了。我也不知道怎么办。他从水中摸出来看看，好像鱼会咬了他的手，马上又丢下水去。

鱼的肠子流在外面一半，鱼是死了。

"反正也是死了，那就吃了它。"

鱼再被拿到手上，一些也不动弹。他又安然地把它收拾干净。直到第三条鱼收拾完，我都是守候在旁边，怕看，又想看。第三条鱼是全死的，没有动。盆中更小的一条很活泼了，在盆中转圈。另一条怕是要死，立起不多时又横在水面。

火炉的铁板热起来，我的脸感觉烤痛时，锅中的油翻着花。

鱼就在大炉台的菜板上，就要放到油锅里去。我跑到二层门去拿油瓶，听得厨房里有什么东西跳起来，噼噼啪啪的。他也来看。盆中的鱼仍在游着，那么菜板上的鱼活了，没有肚子的鱼活了，尾巴仍打得菜板很响。

这时我不知该怎样做，我怕看那悲惨的东西。躲到门口，我想不吃这鱼吧！然而它已经没有肚子了，可怎样再活？我的眼泪都跑上眼睛来,再不能看了。我转过身去,面向着窗子。窗外的小狗正在追逐那红毛鸡,房东的使女小菊挨过打以后到墙根处去哭……

这是凶残的世界,失去了人性的世界,用暴力毁灭了它吧!毁灭了这些失去了人性的东西!

晚饭的鱼是吃的,可是很腥,我们吃得很少,全部丢到垃圾箱去。

剩下来两条活的就在盆里游泳。夜间睡醒时,听见厨房里有乒乓的水声,点起洋烛去看一下。可是我不敢去,叫郎华去看。

"盆里的鱼死了一条,另一条鱼在游水响……"

到早晨,用报纸把它包起来,丢到垃圾箱去。只剩一条在水中上下游着,又为它换了一盆水,早饭时又丢了一些饭粒给它。

小鱼两天都是快活的,到第三天忧郁起来,看了几次,它都是沉到盆底。

"小鱼都不吃食啦,大概要死吧?"我告诉郎华。

他敲一下盆沿,小鱼走动两步;再敲一下,再走动两步……不敲,它就不走,它就沉下去。

又过一天,小鱼的尾巴也不摇了,就是敲盆沿,它也不动一动尾巴。

"把它送到江里一定能好,不会死。它一定是感到不自由才忧愁起来!"

"怎么送呢?大江还没有开冻,就是能找到一个冰洞把它塞下去,我看也要冻死,再不然也要饿死。"我说。

郎华笑了。他说我像玩鸟的人一样,把鸟放在笼子里,给它米子吃,就说它没有悲哀了,就说比在山里好得多,不会冻死,不会饿死。

"有谁不爱自由呢?海洋爱自由,野兽爱自由,昆虫也爱自由。"郎华又敲了一下水盆。小鱼只悲哀了两天,又畅快起来,尾巴打着水响。我每天在火边烧饭,一边看着它,好像生过病又好起来的自己的孩子似的,更珍贵一点,更爱惜一点。天真太冷,打算过了冷天就把它放到江里去。

我们每夜到朋友那里去玩,小鱼就自己在厨房里过个整夜。它什么也不知道,它也不怕猫会把它攫了去,它也不怕耗子会使它惊跳。我们半夜回来也要看看,它总是安安然然地游着。家里没有猫,知道它没有危险。

又一天就在朋友那里过的夜,终夜是跳舞、唱戏。第二天晚上才回来。时间太长了,我们的小鱼死了!

第一步踏进门的是郎华,差一点没踏碎那小鱼。点起洋烛去看,还有一点呼吸,腮还轻轻地抽着。我去摸它身上的鳞,都干了。小鱼是什么时候跳出水的?是半夜?是黄昏?耗子惊了你,还是你听到了猫叫?

蜡油滴了满地,我举着蜡烛的手,不知歪斜到什么程度。

屏着呼吸,我把鱼从地板上拾起来,再慢慢把它放到水里,好像亲手让我完成一件丧仪。沉重的悲哀压住了我的头,我的手也颤抖了。

短命的小鱼死了!是谁把你摧残死的?你还那样幼小,来到世界——说你来到鱼群吧,在鱼群中你还是幼芽一般正应该生长的,可是你死了!

郎华出去了，把空漠的屋子留给我。他回来时正在开门，我就赶上去说："小鱼没死，小鱼又活啦！"我一面拍着手，眼泪就要流出来。我到桌子那去取蜡烛。他敲着盆沿，没有动，鱼又不动了。

"怎么又不会动了？"手到水里去把鱼立起来，可是它又横过去。

"站起来吧。你看蜡油啊！……"他拉我离开盆边。

小鱼这回是真死了！可是过一会儿又活了。这回我们相信小鱼绝对不会死，离水的时间太长，复一复原就会好的。

半夜郎华起来看，说它一点也不动了，但是不怕，那一定是又在休息。我招呼郎华不要动它，小鱼在养病，不要搅扰它。

天亮看它还在休息，吃过早饭看它还在休息。又把饭粒丢到盆中。我的脚踏起地板来也放轻些，只怕把它惊醒，我说小鱼是在睡觉。

这睡觉就再没有醒。我用报纸包它起来，鱼鳞沁着血，一只眼睛一定是在地板上挣跳时弄破的。

就这样吧，我送它到垃圾箱去。

几个欢快的日子

人们跳着舞，"牵牛房"那一些人们每夜跳着舞。过旧年那夜，他们就在茶桌上摆起大红蜡烛，他们模仿着供财神，拜祖宗。灵秋穿起紫红绸袍、黄马褂，腰中配着黄腰带，他第一个跑到神桌前。老桐又是他那一套，穿起灵秋太太瘦小的旗袍，长短到膝盖以上，大红的脸，脑后又是用红布包起扫帚把柄样的东西。他跑到灵秋旁边，他们俩是一致的，每磕一下头，口里就自己喊一声口号："一，二，三……"不倒翁样不能自主地倒下又起来。后来就在地板上烘起火来，说是过年都是烧纸的……这套把戏玩得熟了，惯了！不是过年也每天来这一套，人们看得厌了！对于这事冷淡下来，没有人去大笑，于是又变一套把戏：捉迷藏。

客厅是个捉迷藏的地盘，四下窜走，桌子底下蹲着人，椅子倒过来扣在头上顶着跑，电灯泡碎了一个。蒙住眼睛的人受着大家的玩戏，在那昏庸的头上摸一下，在那分张的两手上打一下。有各种各样的叫声，蛤蟆叫，狗叫，猪叫，还有人在装哭。要想捉住一个很不容易，从客厅的四个门会跑到那些小屋去。有时瞎子就摸到小屋去，从门后扯出一个来，也有时误捉了灵秋的小孩。虽然说不准向小屋跑，但总是跑。后一次瞎子摸到王女士的门扇。

"那门不好进去。"有人要告诉他。

"看着，看着不要吵嚷！"又有人说。

全屋静下来，人们觉得有什么奇迹要发生。瞎子的手接触到门扇，他触到门上的铜环响，眼看他就要进去把王女士捉出来，每人心里都想着这个：看他怎样捉啊！

"谁呀！谁？请进来！"跟着很脆的声音开门来迎接客人了！以为她的朋友来访她。

小浪一般冲过去的笑声，使摸门的人脸上的罩布脱掉了，红了脸。王女士笑着关了门。

玩得厌了！大家就坐下喝茶，不知从什么瞎话上又拉到正经问题上。于是"做人"这个问题使大家都兴奋起来。

——怎样是"人"，怎样不是"人"？

"没有感情的人不是人。"

"没有勇气的人不是人。"

"冷血动物不是人。"

"残忍的人不是人。"

"有人性的人才是人。"

……

每个人都会规定怎样做人。有的人他要说出两种不同做人的标准。起首是坐着说，后来站起来说，有的也要跳起来说。

"人是情感的动物，没有情感就不能生出同情，没有同情那就是自私、为己……结果是互相杀害，那就不是人。"那人的眼睛睁得很圆，表示他的理由充足，表示他把人的定义下得准确。

"你说的不对，什么同情不同情，就没有同情，中国人就是冷血动物，中国人就不是人。"第一个又站了起来，这个人他不常说话，偶然说一句使人很注意。

说完了，他自己先红了脸，他是山东人，老桐学着他的山东调：

"老猛（孟），你使（是）人不使人？"

许多人爱和老孟开玩笑，因为他老实，人们说他像个大姑娘。

"浪漫诗人"，是老桐的绰号。他好喝酒，让他作诗，不用笔就能一套连着一套，连想也不用想一下。他看到什么就给什么作个诗，朋友来了他也作诗：

"梆梆梆敲门响，呀！何人来了？"

总之，就是猫和狗打架，你若问他，他也有诗，他不喜欢谈论什么人啦，社会啦！他躲开正在为了"人"而吵叫的茶桌，摸到一本唐诗在读：

"昨日之……日不可留……今日之日……多……烦……忧"，读得有腔有调，他用意就在打搅吵叫的一群。郎华正在高叫着：

"不剥削人，不被人剥削的就是人。"

老桐读诗也感到无味。

"走！走啊！我们喝酒去。"

他看一看只有灵秋同意他，所以他又说：

"走，走，喝酒去。我请客……"

客请完了！差不多都是醉着回来。郎华反反复复地唱着半段歌，是维特别离绿蒂的故事，人人喜欢听，也学着唱。

听到哭声了！正像绿蒂一般年轻的姑娘被歌声引动着，哪能不哭？是谁哭？就是王女士。单身的男人在客厅中也被感动了，倒不是被歌声感动，而是被少女的明脆而好听的哭声所感动，在地心不住地打着转。尤其是老桐，他贪婪的耳朵几乎竖起来，脖子一定更长了点，他到门边去听，他故意说：

"哭什么？真没意思！"

其实老桐感到很有意思，所以他听了又听，说了又说"没意思"！

不到几天，老桐和那女士恋爱了！那女士也和大家熟识了！也到客厅来和大家一道跳舞。从那时起，老桐的胡闹也是高等的胡闹了！

在王女士面前，他耻于再把红布包在头上，当灵秋叫他去跳

滑稽舞的时候,他说:

"我不跳啦!"一点兴致也不表示。

等王女士从箱子里把粉红色的面纱取出来:

"谁来当小姑娘,我给他化妆。"

"我来,我……我来……"老桐他怎能像个小姑娘?他像个长颈鹿似的跑过去。

他自己觉得很好的样子,虽然是胡闹,也总算是高等的胡闹。头上顶着面纱,规规矩矩地、平平静静地在地板上动着步。但给人的感觉无异于他脑后的颤动着红扫帚柄的感觉。

别的单身汉,就开始羡慕幸福的老桐。可是老桐的幸福还没十分摸到,那女士已经和别人恋爱了!

所以"浪漫诗人"就开始作诗。正是这时候他失一次盗——丢掉他的毛毯,所以他就作诗"哭毛毯"。哭毛毯的诗作得很多,过几天来一套,过几天又来一套。朋友们看到他就问:

"你的毛毯哭得怎样了?"

女教师

一个初中学生,拿着书本来到家里上课,郎华一大声开讲,我就躲到厨房里去。第二天,那个学生又来,就没拿书。他说他父亲不许他读白话文,打算让他做商人,说白话文没有用;读古文他父亲供给学费,读白话文他父亲就不管。

最后,他从口袋摸出一张一元票子给郎华。

"很对不起先生,我读一天书,就给一元钱吧!"那学生很难过的样子,他说他不愿意学买卖。手拿着钱,他要哭似的。

郎华和我同时觉得很不好过,临走时,强迫把他的钱给他装进衣袋。

郎华的两个读中学课本的学生也不读了!他实在不善于这行业,到现在我们的生命线又断尽。胖朋友刚搬过家,我就拿了一张郎华写的条子到他家去。回来时我是带着米、面、木柈,还有几角钱。

我眼睛不住地盯住那马车,怕那车夫拉了木柈跑掉。所以我手下提着用纸盒盛着的米,因为我在快走而震摇着,又怕小面袋从车上翻下来,赶忙跑到车前去弄一弄。

听见马的铃铛响,郎华才出来!这一些东西很使他欢乐,亲切地把小面袋先拿进屋去。他穿着很单的衣裳,就在窗前摆堆着木柈。

"进来暖一暖再出去……冻着!"可是招呼不住他。始终摆完才进来。"天真够冷。"他用手扯住很红的耳朵。

他又呵着气跑出去,他想把火炉点着,这是他第一次点火。

"柈子真不少,够烧五六天啦!米面也够吃五六天,又不怕啦!"

他弄着火,我就洗米烧饭。他又说了一些看见米面时特别高兴的话,我简直没理他。

米面就这样早饭晚饭的又快不见了,这就到我做女教师的时候了!

我也把桌子上铺了一块报纸，开讲的时候也是很大的声。郎华一看，我就要笑。他也是常常躲到厨房去。我的女学生，她读小学课本，什么猪啦、羊啦、狗啦！这一类字都不用我教她，她抢着自己念："我认识，我认识！"

不管在什么地方碰到她认识的字，她就先一个一个念出来，不让她念也不行，因为她比我的岁数还大，我总有点不好意思。她先给我拿五元钱，并说："过几天我再交那五元。"

四五天她没有来，以为她不会再来了。那天，我正在烧晚饭，她跑来。她说她这几天生病。我看她不像生病，那么她又来做什么呢？过了好久，她站在我的身边：

"先生，我有点事求求你！"

"什么事？说吧……"我把葱花加到油里去炸。

她的纸单在手心握得很热，交给我。这是药方吗？信吗？都不是。

借着炉台上那个流着油的小蜡烛看，看不清，怕是再点两支蜡烛我也看不清，因为我不认识那样的字。

"这是易经上的字！"郎华看了好些时才说。

"我批了个八字，找了好些人也看不懂，我想先生是很有学问的人，我拿来给先生看看。"

这次她走去，再也没有来，大概她觉得这样的先生教不了她，连个"八字"都说不出所以然来！

春意挂上了树梢

　　三月花还没有开,人们嗅不到花香,只是马路上融化了积雪的泥泞干起来。天空打起朦胧的多有春意的云彩;暖风和轻纱一般浮动在街道上,院子里。春末了,关外的人们才知道春来。春是来了,街头的白杨树蹿着芽,拖马车的马冒着气,马车夫们的大毡靴也不见了,行人道上外国女人的脚又从长筒套鞋里显现出来。笑声,见面打招呼声,又复活在行人道上。商店为着快快地传播春天的感觉,橱窗里的花已经开了,草也绿了,那是布置着公园的夏景。我看得很凝神的时候,有人撞了我一下,是汪林,她也戴着那样小檐的帽子。

　　"天真暖啦!走路都有点热。"

　　看着她转过"商市街",我们才来到另一家店铺,并不是买什么,只是看看,同时晒晒太阳。这样好的行人道,有树也有椅子,坐在椅子上,把眼睛闭起,一切春的梦,春的谜,春的暖力……这一切把自己完全陷进去。听着,听着吧!春在歌唱……

　　"大爷,大奶奶……帮帮吧!……"这是什么歌呢,从背后来的?这不是春天的歌吧!

　　那个叫花子嘴里吃着个烂梨,一条腿和一只脚肿得把另一只显得好像不存在似的。

"我的腿冻坏啦！大爷，帮帮吧！唉唉……！"

有谁还记得冬天？阳光这样暖了！街树蹿着芽！

手风琴在隔道唱起来，这也不是春天的调，只要一看那个瞎人为着拉琴而挪歪的头，就觉得很残忍。瞎人他摸不到春天，他没有。坏了腿的人，他走不到春天，他有腿也等于无腿。

世界上这一些不幸的人，存在着也等于不存在，倒不如赶早把他们消灭掉，免得在春天他们会唱这样难听的歌。

汪林在院心吸着一支烟卷，她又换一套衣裳。那是淡绿色的，和树枝发出的芽一样的颜色。她腋下夹着一封信，看见我们，赶忙把信送进衣袋去。

"大概又是情书吧！"郎华随便说着玩笑话。

她跑进屋去了。香烟的烟缕在门外打了一下旋卷才消灭。

夜，春夜，中央大街充满了音乐的夜。流浪人的音乐，日本舞场的音乐，外国饭店的音乐……七点钟以后，中央大街的中段，在一条横口，那个很响的扩音机哇哇地叫起来，这歌声差不多响彻全街。若站在商店的玻璃窗前，会疑心是从玻璃发着震响。一条完全在风雪里寂寞的大街，今天第一次又号叫起来。

外国人！绅士样的，流氓样的，老婆子，少女们，跑了满街……有的连起人排来封闭住商店的窗子，但这只限于年轻人；也有的同唱机一样唱起来，但这也只限于年轻人。这好像特有的年轻人的集会。他们和姑娘们一道说笑，和姑娘们连起排来走。中国人来混在这些卷发人中间，少得只有七分之一，或八分之一。但是汪林在其中，我们又遇到她。她和另一个也和她同样打扮漂亮的、白脸的女人同走……卷发的人用俄国话说她漂亮，她也用俄国话和他们笑了一阵。

中央大街的南端,人渐渐稀疏了。

墙根,转角,都发现着哀哭,老头子,孩子,母亲们……哀哭着的是永久被人间遗弃的人们!那边,还望得见那边快乐的人群,还听得见那边快乐的声音。

三月,花还没有,人们嗅不到花香。

夜的街,树枝上嫩绿的芽子看不见,是冬天吧?是秋天吧?但快乐的人们,不问四季总是快乐;哀哭的人们,不问四季也总是哀哭!

小偷、车夫和老头

木枊车在石路上发着隆隆的重响。出了木枊场,这满车的木枊使老马拉得吃力了!但不能满足我,大木枊堆对于这一车木枊,真像在牛背上拔了一根毛,我好像嫌这样子太少。

"丢了两块木枊哩!小偷来抢的,没看见?要好好看着,小偷常偷枊子……十块八块木枊也能丢。"

我被车夫提醒了!觉得一块木枊也不该丢,木枊对我才恢复了它的重要性。小偷眼睛发着光又来抢时,车夫在招呼我们:

"来了啊!又来啦!"

郎华招呼一声,那竖着头发的人跑了!

"这些东西顶没有脸,拉两块就得啦吧!贪多不厌,把这一车都送给你好不好?……"打着鞭子的车夫,反复地在说那个小偷的坏话，说他贪多不厌。

在院心把木柈一块块推下车来，那（木柈）还没有推完，车夫就不再动手了！把车钱给了他，他才说："先生，这两块给我吧！拉家去好烘烘火，孩子小，屋子又冷。"

"好吧！你拉走吧！"我看一看那是五块顶大的他留在车上。

这时候他又弯下腰，去弄一些碎的，把一些木皮扬上车去，而后拉起马来走了。但他对他自己并没说贪多不厌，别的坏话也没说，跑出大门道去了。

只要有木柈车进院，铁门栏外就有人向院里看着问："柈子拉（锯）不拉？"

那些人带着锯，有两个老头也扒着门扇。

这些柈子就讲妥归两个老头来锯，老头有了工作在眼前，才对那个伙伴说："吃点吗？"

我去买给他们面包吃。

柈子拉完又送到柈子房去。整个下午我不能安定下来，好像我从未见过木柈，木柈给我这样的大欢喜，使我坐也坐不定，一会儿跑出去看看。最后老头子把院子扫得干干净净的了！

这时候，我给他工钱。

我先用碎木皮来烘着火。夜晚在三月里也是冷一点，玻璃窗上挂着蒸汽。没有点灯，炉火颗颗星星地发着小炸音，炉门打开着，火光照红我的脸，我感到例外的安宁。

我又到窗外去拾木皮，我吃惊了！老头子的斧子和锯都背好在肩上，另一个背着架子的木架，可是他们还没有走。这许多的时候，为什么不走呢？

"太太，多给了钱吧？"

"怎么多给的！不多，七角五分不是吗？"

"太太，吃面包钱没有扣去！"那几角工钱，老头子并没放入衣袋，仍呈在他的手上，他借着离得很远的门灯在考察钱数。

我说："吃面包不要钱，拿着走吧！"

"谢谢，太太。"感恩似的，他们转过身走去了，觉得吃面包是我的恩情。

我愧得立刻心上烧起来，望着那两个背影停了好久，羞恨的眼泪就要流出来。已经是祖父的年纪了，吃块面包还要感恩吗？

公　园

树叶摇摇曳曳地挂满了池边。一个半胖的人走在桥上，他是一个报社的编辑。

"你们来多久啦？"他一看到我们两个在长石凳上就说。

"多幸福，像你们多幸福，两个人逛逛公园……"

"坐在这里吧。"郎华招呼他。

我很快地让一个位置，但他没有坐，他的鞋底无意地踢撞着石子，身边的树叶让他扯掉两片。他更烦恼了，比前些日子看见他更有点两样。

"你忙吗？稿子多不多？"

"忙什么!一天到晚就是那一点事,发下稿去就完,连大样子也不看。忙什么,忙着幻想!"

"什么信!那……一点意思也没有,恋爱对于胆小的人是一种刑罚。"

让他坐下,他故意不坐下;没有人让他,他自己会坐下。于是他又用手拔着脚下的短草。他满脸似乎蒙着灰色。

"要恋爱,那就大大方方地恋爱,何必受罪?"郎华摇一下头。

一个小信封,小得有些神秘意味的,从他的口袋里拔出来,拔着蝴蝶或是什么会飞的虫儿一样,他要把那信给郎华看,结果只是他自己把头歪了歪,那信又放进了衣袋。

"爱情是苦的呢,还是甜的?我还没有爱她,对不对?家里来信说我母亲死了那天,我失眠了一夜,可是第二天就恢复了。为什么她……她使我不安会整天,整夜?才通信两个礼拜,我觉得我的头发也脱落了不少,嘴上的小胡子也增多了。"

当我们站起要离开公园时,又来一个熟人:"我烦忧啊!我烦忧啊!"像唱着一般说。

我和郎华踏上木桥了,回头望时,那小树丛中的人影也像对那个新来的人说:"我烦忧啊!我烦忧啊!"

我每天早晨看报,先看文艺栏。这一天,有编者的说话:

摩登女子的口红,我看正相同于"血"。资产阶级的小姐们怎样活着的?不是吃血活着吗?不能否认,那是个鲜明的标记。人涂着人的"血"在嘴上,那是污浊的嘴,嘴上带着血腥和血色,那是污浊的标记。

我心中很佩服他,因为他来得很干脆。我一面读报,一面走到院子里去，晒一晒清晨的太阳。汪林也在读报。

"汪林，起得很早！"

"你看，这一段，什么小姐不小姐，'血'不'血'的！这骂人的是谁？"

那天郎华把他做编辑的朋友领到家里来，是带着酒和菜回来的。郎华说他朋友的女友到别处去进大学了。于是喝酒，我是帮闲喝，郎华是劝朋友。至于被劝的那个朋友呢，他嘴里哼着京调哼得很难听。

和我们的窗子相对的是汪林的窗子。里面胡琴响了。那是汪林拉的胡琴。

天气开始热了，趁着太阳还没走到正空，汪林在窗下长凳上洗衣服。编辑朋友来了，郎华不在家，他就在院心里来回走转，可是郎华还没有回来。

"自己洗衣服，很热吧！"

"洗得干净。"汪林手里拿着肥皂答他。

郎华还不回来，他走了。

夏　夜

汪林在院心坐了很长的时间了。小狗在她的脚下打着滚睡了。

"你怎么样？我胳臂疼。"

"你要小声点说,我妈会听见。"

我抬头看,她的母亲在纱窗里边,于是我们转了话题。在江上摇船到"太阳岛"去洗澡这些事,她是背着她的母亲的。

第二天,她又是去洗澡。我们三个人租一条小船,在江上荡着。清凉的,水的气味。郎华和我都唱起来了。汪林的嗓子比我们更高。小船浮得飞起来一般。

夜晚又是在院心乘凉,我的胳臂为着摇船而痛了,头觉得发胀。我不能再听那一些话感到趣味。什么恋爱啦,谁的未婚夫怎样啦,某某同学结婚,跳舞……我什么也不听了,只是想睡。

"你们谈吧。我可非睡觉不可。"我向她和郎华告辞。

睡在我脚下的小狗,我误踏了它,小狗还在哽哽地叫着,我就关了门。

最热的几天,差不多天天去洗澡,所以夜夜我早早睡。郎华和汪林就留在暗夜的院子里。

只要接近着床,我什么全忘了。汪林那红色的嘴,那少女的烦闷……夜夜我不知道郎华什么时候回屋来睡觉。就这样,我不知过了几天了。

"她对我要好,真是……少女们。"

"谁呢?"

"那你还不知道!"

"我还不知道。"我其实知道。

很穷的家庭教师,那样好看的有钱的女人竟向他要好了。

"我坦白地对她说了:我们不能够相爱的,一方面有吟,一方面我们彼此相差得太远……你沉静点吧……"他告诉我。

又要到江上去摇船。那天又多了三个人，汪林也在内，一共是六个人：陈成和他的女人，郎华和我，汪林，还有那个编辑朋友。

停在江边的那一些小船动荡得落叶似的。我们四个跳上了一条船，当然把汪林和半胖的人丢下。他们两个就站在石堤上。本来是很生疏的，因为都是一对一对的，所以我们故意要看他们两个也配成一对，我们的船离岸很远了。

"你们坏呀！你们坏呀！"汪林仍叫着。

为什么骂我们坏呢？那人不是她一个很好的小水手吗？为她荡着桨，有什么不愿意吗？也许汪林和我的感情最好，也许也最愿意和我同船。船荡得那么远了，一切江岸上的声音都隔绝，江沿上的人影也消灭了轮廓。

水声，浪声，郎华和陈成混合着江声在唱。远远近近的那一些女人的阳伞，这一些船，这一些幸福的船呀！满江上是幸福的船，满江上是幸福了！人间，岸上，没有罪恶了吧！

再也听不到汪林的喊，他们的船是脱开离我们很远了。

郎华故意把桨打起的水星落到我的脸上。船越行越慢，但郎华和陈成流起汗来。桨板打到江心的沙滩了，小船就要搁浅在沙滩上。这两个勇敢的大鱼似的跳下水去，在大江上挽着船行。

一入了湾，把船任意停在什么地方都可以。

我浮水是这样浮的：把头昂在水外，我也移动着，看起来在浮，其实手却抓着江底的泥沙，鳄鱼一样，四条腿一起爬着浮。那只船到来时，听着汪林在叫。很快她脱了衣裳，也和我一样抓着江底在爬，但她是快乐的，爬得很有意思。在沙滩上滚着的时候，居然很熟识了，她把伞打起来，给她同船的人遮着太阳，她保护着他。陈成扬着沙子飞向他:"陵,着镖吧!"

汪林和陵站了一队,用沙子反攻。

我们的船出了湾,已行在江上时,他们两个仍在沙滩上走着。

"你们先走吧,看我们谁先上岸。"汪林说。

太阳的热力在江面上开始减低,船是顺水行下去的。他们还没有来,看过多少只船,看过多少柄阳伞,然而没有汪林的阳伞。太阳西沉时,江风很大了,浪也很高,我们有点担心那只船。李说那只船是"迷船"。

四个人在岸上就等着这"迷船",意想不到的是他们绕着弯子从上游来的。

汪林不骂我们是坏人了,风吹着她的头发,那兴奋的样子,这次摇船好像她比我们得到的快乐更大,更多……

早晨在看报时,编辑居然作诗了。大概就是这样的意思:愿意风把船吹翻,愿意和美人一起沉下江去……

我这样一说,就没有诗意了。总之,可不是前几天那样的话,什么摩登女子吃"血"活着啦,小姐们的嘴是吃"血"的嘴啦……总之,可不是那一套。这套比那套文雅得多,这套说摩登女子是天仙,那套说摩登女子是恶魔。

汪林和郎华在夜间也不那么谈话了。陵编辑一来,她就到我们屋里来,因此陵到我们家来的次数多多了。

"今天早点走……多玩一会儿,你们在街角等我。"这样的话,汪林再不向我们说了。她用不到约我们去"太阳岛"了。

伴着这吃人血的女子在街上走,在电影院里会,他也不怕她会吃他的血,还说什么怕呢?常常在那红色的嘴上接吻,正因为她的嘴和血一样红才可爱。

骂小姐们是"恶魔"（其实）是"羡"的意思，是伸手去攫取怕她逃避的意思。

在街上，汪林的高跟鞋，陵的亮皮鞋，咯噔咯噔和谐地响着。

册　子

永远不安定下来的洋烛的火光，使眼睛痛了。抄写，抄写……

"几千字了？"

"才三千多。"

"不手疼吗？休息休息吧，别弄坏了眼睛。"郎华打着呵欠到床边，两只手相交着依在头后，背脊靠着铁床的钢骨。我还没停下来，笔尖在纸上作出响声……

纱窗外阵阵起着狗叫，很响的皮鞋，人们的脚步从大门道来近。不自禁的恐怖落在我的心上。

"谁来了，你出去看看。"

郎华开了门，李和陈成进来。他们是剧团的同志，带来的一定是剧本。我没接过来看，让他们随便坐在床边。

"吟真忙，又在写什么？"

"没有写，抄一点什么。"我又拿起笔来抄。

他们的谈话，我一句半句地听到一点，我的神经开始不能统一，时时写出错字来，或是丢掉字，或是写重字。

蚊虫啄着我的脚面，后来在灯下作着阵，我才放下不写。

呵呀呀，蚊虫满屋了！门扇仍大开着。一个小狗崽溜走进来，又卷着尾巴跑出去。关起门来，蚊虫仍是飞……我用手搔着作痒的耳，搔着腿和脚……手指的骨节搔得肿胀起来，这些中了蚊毒的地方，使我已经发酸的手腕不得不停下。我的嘴唇肿得很高，眼边也感到发热和紧胀。这里搔搔，那里搔搔，我的手感到不够用了。

"册子怎么样啦？"李的烟卷在嘴上冒烟。

"只剩这一篇。"郎华回答。

"封面是什么样子？"

"就是等着封面呢……"

第二天，我也跟着跑到印刷局去。使我特别高兴，折得很整齐的，一帖一帖的都是要完成的册子，比儿时母亲为我制一件新衣裳更觉欢喜。……我又到排铅字的工人旁边，他手下按住的正是一个题目，很大的铅字，方的，带来无限的感情，那正是我的那篇《夜风》。

那天预先吃了一顿外国包子，郎华说他为着册子来敬祝我，所以到柜台前叫那人倒了两杯"伏特克"酒。我说这是为着册子敬祝他。

被大欢喜追逐着，我们变成孩子了！走进公园，在大树下乘了一刻凉，觉得公园是满足的地方。望着树梢顶边的天。外国孩子们在地面弄着沙土。因为还是上午，游园的人不多，日本女人撑着伞走。卖"冰激凌"的小板房洗刷着杯子。我忽然觉得渴了，但那一排排的透明的汽水瓶子，并不引诱我们。我还没有养成那样的习惯，在公园还没喝过一次那样东西。

"我们回家去喝水吧。"只有回家去喝冷水,家里的冷水才不要钱。

拉开第一扇门,大草帽被震落下来。喝完了水,我提议戴上大草帽到江边走走。

赤着脚,郎华穿的是短裤,我穿的是小短裙子,向江边出发了。两个人渔翁似的,时时在沿街玻璃窗上反映着。

"划小船吧,多么好的天气!"到了江边我又提议。

"就剩两毛钱……但也可以划,都花了吧!"

择一个船底铺着青草的、有两副桨的船。和船夫说明,一点钟一角五分。并没打算洗澡,连洗澡的衣裳也没有穿。船夫给推开了船,我们向江心去了。两副桨翻着,顺水下流,好像江岸在退走。我们不是故意去寻,任意遇到了一个沙洲,有两方丈的沙滩突出江心,郎华勇敢地先跳上沙滩,我胆怯、迟疑着,怕沙洲会沉下江底。

最后洗澡了,就在沙洲上脱掉衣服。郎华是完全脱的。我看了看江沿洗衣人的面孔是辨不出来的,那么我借了船身的遮掩,才爬下水底把衣服脱掉。我时时靠沙滩,怕水流把我带走。江浪击撞着船底,我拉住船板,头在水上,身子在水里,水光,天光,离开了人间一般的。当我躺在沙滩晒太阳时,从北面来了一只小划船。我慌张起来,穿衣裳已经来不及,怎么好呢?爬下水去吧!船走过,我又爬上来。

我穿好衣服。郎华还没穿好。他找他的衬衫,他说他的衬衫洗完了就挂在船板上,结果找不到。远处有白色的东西浮着,他想一定是他的衬衫了。划船去追白色的东西,那白东西走得很慢,那是一条鱼,死掉的白色的鱼。

虽然丢掉了衬衫并不感到可惜,郎华赤着膀子大嚷大笑地把鱼捉上来,大概他觉得在江上能够捉到鱼是一件很有本领的事。

"晚饭就吃这条鱼,你给煎煎它。"

"死鱼不能吃,大概臭了。"

他赶快把鱼鳃掀给我看:"你看,你看,这样红就会臭的?"

直到上岸,他才静下去。

"我怎么办呢!光着膀子,在中央大街上可怎样走?"他完全静下去了,大概这时候忘了他的鱼。

我跑到家去拿了衣裳回来,满头流着汗。可是,他在江沿和码头夫们在一起喝茶了,在那个样的布棚下吹着江风。他第一句和我说的话,想来是:你热吧?但他不是问我,他先问鱼:"你把鱼放在哪里啦?用凉水泡上没有?"

"五分钱给我!"我要买醋,煎鱼要用醋的。

"一个铜板也没剩,我喝了茶,你不知道?"

被大欢喜追逐着的两个人,把所有的钱用掉,把衬衣丢到大江,换得一条死鱼。

等到吃鱼的时候,郎华又说:"为着册子,我请你吃鱼。"

这是我们创作的一个阶段,最前的一个阶段,册子就是划分这个阶段的东西。

八月十四日,家家准备着过节的那天。我们到印刷局去,自己开始装订,装订了一整天。郎华用拳头打着背,我也感到背痛。

于是郎华跑出去叫来一部斗车,一百本册子提上车去。就在夕阳中,马脖子上颠动着很响的铃子,走在回家的道上。

家里，地板上摆着册子，朋友们手里拿着册子，谈论也是册子。同时关于册子出了谣言：没收啦！日本宪兵队逮捕啦！

逮捕可没有逮捕，没收是真的。送到书店去的书，没有几天就被禁止发卖了。

剧　团

册子带来了恐怖。黄昏时候，我们排完了剧，和剧团那些人出了"民众教育馆"，恐怖使我对于家有点不安。街灯亮起来，进院，那些人跟在我们后面。门扇，窗子，和每日一样安然地关着。我十分放心，知道家中没有来过什么恶物。

失望了，开门的钥匙由郎华带着，于是大家只好坐在窗下的楼梯口。李买的香瓜，大家就吃香瓜。

汪林照样吸着烟。她掀起纱窗帘向我们这边笑了笑。陈成把一个香瓜高举起来。

"不要。"她摇头，隔着玻璃窗说。

我一点趣味也感不到，一直到他们把公演的事情议论完，我想的事情还没停下来。我愿意他们快快走，我好收拾箱子，好像箱子里面藏着什么使我和郎华犯罪的东西。

那些人走了，郎华从床底把箱子拉出来，洋烛立在地板上，我们开始收拾了。弄了满地纸片，什么犯罪的东西也没有。但不敢自信，怕书页里边夹着骂"满洲国"的，或是骂什么的字迹，所以每册书都翻了一遍。一切收拾好，箱子是空空洞洞的了。一张高尔基的照片，也把它烧掉。大火炉烧得烤痛人的面。我烧得很快，日本宪兵就要来捉人似的。

当我们坐下来喝茶的时候，当然是十分定心了，十分有把握了。一张吸墨纸我无意地玩弄着，我把腰挺得很直，很大方的样子，我的心像被拉满的弓放了下来一般的松适。我细看红铅笔在吸墨纸上写的字，那字正是犯法的字：小日本子，走狗，他妈的"满洲国"……

我连再看一遍也没有看，就送到火炉里边。

"吸墨纸啊？是吸墨纸！"郎华可惜得跺着脚。等他发觉那已开始烧起了："那样大一张吸墨纸你烧掉它，烧花眼了？什么都烧，看用什么！"

他过于可惜那张吸墨纸。我看他那种样子也很生气。吸墨纸重要，还是拿生命去开玩笑重要？

"为着一个虱子烧掉一件棉袄！"郎华骂我，"那你就不会把字剪掉？"

我哪想起来这样做！真傻，为着一块疮疤丢掉一个苹果！

我们把"满洲国"建国纪念明信片摆到桌上，那是朋友送给的，很厚的一打。还有两本上面写着"满洲国"字样的不知是什么书，连看也没有看也摆起来。桌子上面很有意思：《离骚》《李后主词》《石达开日记》，他当家庭教师用的小学算术教本。一本《世界各国革命史》也从桌子抽下去，郎华说那上面载着日本怎样压迫朝鲜的历史，所以不能摆在外面。我一听说有这种重要性，马上就要去烧掉，我已经站起来了，郎华把我按下："疯了吗？你疯了吗？"

我就一声不响了，一直到灭了灯睡下，连呼吸也不能呼吸似的。在黑暗中我把眼睛张得很大。院中的狗叫声也多起来。大门扇响得也厉害了。总之，一切能发声的东西都比平常发的声音要高，平常不会响的东西也被我新发现着，棚顶发着响，洋瓦房盖被风吹着也响，响，响……

郎华按住我的胸口……我的不会说话的胸口。铁大门震响了一下，我跳了一下。

"不要怕，我们有什么呢？什么也没有。谣传不要太认真。他妈的，哪天捉去哪天算！睡吧，睡不足，明天要头疼的……"

他按住我的胸口。好像给恶梦惊醒的孩子似的，心在母亲的手下大跳着。

有一天，到一家影戏院去试剧，散散杂杂的这一些人，从我们的小房出发。

全体都到齐，只少了徐志，他一次也没有不到过，要试演他就不到，大家以为他病了。

很大的舞台，很漂亮的垂幕。我扮演的是一个老太婆的角色，还要我哭，还要我生病。把四个椅子拼成一张床，试一试倒下去，我的腰部触得很疼。

先试给影戏院老板看的，是郎华饰的《小偷》中的杰姆和李饰的律师夫人对话的那一幕。我是另外一个剧本，还没挨到我，大家就退出影戏院了。

因为条件不合，没能公演。大家等待机会，同时每个人发着疑问：公演不成吧？

三个剧排了三个月,若说演不出,总有点可惜。

"关于你们册子的风声怎么样?"

"没有什么。怕狼、怕虎是不行的。这年头只得碰上什么算什么……"

郎华是刚强的。

又是冬天

窗前的大雪白绒一般,没有停地在落,整天没有停。我去年受冻的脚完全好起来,可是今年没有冻,壁炉着得呼呼发响,时时起着木柈的小炸音,玻璃窗简直就没被冰霜蔽住。柈子不像去年摆在窗前,而是装满了柈子房的。

我们决定非回国不可。每次到书店去,一本杂志也没有,至于别的书,那还是三年前摆在玻璃窗里退了色的旧书。

非去不可,非走不可。

遇到朋友,我们就问:

"海上几月里浪小?小海船是怎样晕法?……"因为我们都没航过海,海船那样大,在图画上看见也是害怕,所以一经过"万国车票公司"的窗前,必须要停伫许多时候,要看窗子里立着的大图画,我们计算着这海船有多么高啊!都说海上无风三尺浪,我在玻璃上就用手去量,看海船有海浪的几倍高,结果那差太远了!

海船的高度等于海浪的二十倍。我说海船六丈高。

"哪有六丈?"郎华反对我,他又量量,"哼!可不是吗!差不多……海浪三尺,船高是二十三尺。"

也有时因为我反复着说"有那么高吗?没有吧!也许有",郎华听了就生起气了,因为海船的事差不多在街上就吵架……

可是朋友们不知道我们要走。有一天,我们在胖朋友家里举起酒杯的时候,嘴里吃着烧鸡的时候,郎华要说,我不叫他说,可是到底说了。

"走了好!我看你早就该走!"以前胖朋友常这样说,"郎华,你走吧!我给你们对付点路费。我天天在××科里边听着问案子。皮鞭子打得那个响!哎,走吧!我想要是我的朋友也弄去……那声音可怎么听?我一看那行人,我就想到你……"

老秦来了,他是穿着一件崭新的外套,看起来帽子也是新的。不过没有问他,他自己先说:

"你们看我穿新外套了吧?非去上海不可,忙着做了两件衣裳,好去进当铺,卖破烂,新的也值几个钱……"

听了这话,我们很高兴,想不说也不可能。

"我们也走,非走不可,在这个地方等着活剥皮吗?"郎华说完了就笑了。

"你什么时候走?"

"那么你们呢?"

"我们没有一定。"

"走就五六月走,海上浪小……"

"那么我们一同走吧!"

老秦并不认为我们是真话,大家随便说了不少关于走的事情,怎样走法呢?怕路上检查,怕路上盘问,到上海什么朋友也没有,又没有钱。说得高兴起来,逼真了!带着幻想了!老秦是到过上海的,他说四马路怎样怎样!他说上海的穷是怎样的穷法……

他走了以后,雪还没有停。我把火炉又放进一块木柈去。又到烧晚饭的时间了!我想一想去年,想一想今年,看一看自己的手骨节胀大了一点,个子还是这么高,还是这么瘦……

这房子我看得太熟了,至于墙上或是棚顶有几个多余的钉子,我都知道。郎华呢?没有瘦胖,他是照旧,从我认识他那时候起,他就是那样,颧骨很高,眼睛小,嘴大,鼻子是一条柱。

"我们吃什么饭呢?吃面或是饭?"

居然我们有米有面了,这和去年不同,忽然那些回想牵住了我……借到两角钱或一角钱……空手他跑回来……抱着新棉袍去进当铺。

我想到我冻伤的脚,下意识地看了一下脚。于是又想到柈子,那样多的柈子,烧吧!我就又去搬了木柈进来。

"关上门啊!冷啊!"郎华嚷着。

他仍把两手插在裤袋,在地上打转;一说到关于走,他不住地打转,转起半点钟来也是常常的事。

秋天,我们已经装起电灯了。我隐在灯下抄自己的稿子。郎华又跑出去,他是跑出去玩,这可和去年不同,今年他不到外面当家庭教师了。

门前的黑影

从昨夜,对于震响的铁门更怕起来,铁门扇一响,就跑到过道去看,看过四五次都不是,但愿它不是。清早了,某个学校的学生——他是郎华的朋友,他戴着学生帽,进屋也没有脱,他连坐下也不坐下就说:

"风声很不好,关于你们,我们的同学弄去了一个。"

"什么时候?"

"昨天。学校已经放假了,他要回家还没有定。今天一早又来日本宪兵,把全宿舍检查一遍,每个床铺都翻过,翻出一本《战争与和平》来……"

"《战争与和平》又怎么样?"

"你要小心一点,听说有人要给你放黑箭。"

"我又不反满,不抗日,怕什么?"

"别说这一套话,无缘无故就要拿人。你看,把《战争与和平》那本书就带了去,说是调查调查,也不知道调查什么?"

说完他就走了。问他想放黑箭的是什么人,他不说。过一会儿,又来一个人,同样是慌张,也许近些日子看人都是慌张的。

"你们应该躲躲,不好吧!外边都传说剧团不是个好剧团。那个团员出来了没有?"

我们送走了他,就到公园走走。冰池上小孩们在上面滑着冰,日本孩子,俄国孩子……中国孩子……

我们绕着冰池走了一周,心上带着不愉快……所以彼此不讲话,走得很沉闷。

"晚饭吃面吧!"他看到路北那个切面铺才说,我进去买了面条。

回到家里,书也不能看,俄语也不能读,开始慢慢预备晚饭吧!虽然在预备吃的东西也不高兴,好像不高兴吃什么东西。

木格上的盐罐装着满满的白盐,盐罐旁边摆着一包大海米,酱油瓶,醋瓶,香油瓶,还有一罐炸好的肉酱。墙角有米袋、面袋,样子房满堆着木料……这一些并不感到满足,用肉酱拌面条吃,倒不如去年米饭拌着盐吃舒服。

"商市街"口,我看到一个人影,那不是寻常的人影,极像日本宪兵。我继续前走,怕是郎华知道要害怕。

走了十步八步,可是不能再走了!那穿高筒皮靴的人在铁门外盘旋。我停止了一下,想要细看一看。郎华和我同样,他也早就注意上这人。我们想逃。他是在门口等我们吧!不用猜疑,路南就停着小"电驴子",并且那日本人又走到路南来,他的姿势表示着他的耳朵也在倾听。

不要家了,我们想逃,但是逃向哪里呢?

那日本人连刀也没有佩,也没有别的武装,我们有点不相信他就会拿人。我们走进路南的洋酒面包店去,买了一块面包,我并不要买肠子,掌柜的就给切了肠子,因为我是聚精会神地在注意玻璃窗外的事情。那没有佩刀的日本人转着弯子慢慢走掉了。

这真是一场大笑话,我们就在铺子里消费了三角五分钱……从玻璃门出来,带着三角五分钱的面包和肠子。假若是更多的钱在那当儿就丢在马路上,也不觉得可惜……

"要这东西做什么呢?明天袜子又不能买了。"事件已经过去,我懊悔地说。

"我也不知道,谁叫你进去买的?想怨谁?"

郎华在前面哐哐地开着门,屋中的热气快扑到脸上来。

一个南方的姑娘

郎华告诉我一件新的事情,他去学开汽车回来的第一句话说:

"新认识一个朋友,她从上海来,是中学生。过两天还要到家里来。"

第三天,外面打着门了!我先看到的是她头上扎着漂亮的红带,她说她来访我。老王在前面引着她。大家谈起来,差不多我没有说话,我听着别人说。

"我到此地四十天了!我的北方话还说不好,大概听得懂吧!老王是我到此地才认识的。那天巧得很,我看报上为着戏剧在开着笔战,署名郎华的我同情他……我同朋友们说:'这位郎华先生是谁?论文作得很好。'因为老王的介绍,上次见到郎华……"

我点着头,遇到生人,我一向是不会说什么话,她又去拿桌上的报纸,她寻找笔战继续的论文。我慢慢地看着她,大概她也慢慢地看着我吧!她很漂亮,很素净,脸上不涂粉,头发没有卷起来,只是扎了一条红绸带,这更显得特别风味,又美又净。葡萄灰色的袍子上面,有黄色的花,只是这件袍子我看不很美,但也无损于美。到晚上,这美人似的人就在我们家里吃晚饭。在吃饭以前,汪林也来了!汪林是来约郎华去滑冰,她从小孔窗看了一下:

"郎华不在家吗?"她接着"嗯"了一声。

"你怎么到这里来?"汪林进来了。

"我怎么就不许到这里来?"

我看得她们这样很熟的样子,更奇怪。我说:

"你们怎么也认识呢?"

"我们在舞场里认识的。"汪林走了以后她告诉我。

从这句话当然也知道程女士也是常常进舞场的人了!汪林是漂亮的小姐,当然程女士也是,所以我就不再留意程女士了。

环境和我不同的人来和我做朋友,我感不到兴味。

郎华肩着冰鞋回来,汪林大概在院中也看到了他,所以也跟进来。这屋子就热闹了!汪林的胡琴口琴都跑去拿过来。

郎华唱:"杨延辉坐宫院。"

"哈呀呀,怎么唱这个?这是'奴心未死'!"汪林嘲笑他。

在报纸上就是因为旧剧才开笔战。郎华自己明明写着"唱旧戏是奴心未死"。

并且汪林耸起肩来笑得背脊靠住暖墙,她带着西洋少妇的风情。程女士很黑,是个黑姑娘。

又过几天,郎华为我借一双滑冰鞋来,我也到冰场上去。程女士常到我们这里来,她是来借冰鞋,有时我们就一起去,同时新人当然一天比一天熟起来。她渐渐对郎华比对我更熟,她给郎华写信了,虽然常见,但是要写信的。

又过些日子,程女士要在我们这里吃面条,我到厨房去调面条。

"……喳……喳……"

等我走进屋,他们又在谈别的了!

女士只吃一小碗面就说:"饱了。"

我看她近些日子更黑一点,好像她的"愁"更多了!她不仅仅是"愁",因为愁并不兴奋,可是程女士有点兴奋。我忙着收拾家具,她走时我没有送她,郎华送她出门。

我听得清楚楚的是在门口:"有信吗?"

或者不是这么说,总之跟着一声"喳喳"之后,郎华很响的:"没有。"

又过了些日子,程女士就不常来了,大概是她怕见我。

程女士要回南方,她到我们这里来辞行,有我作障碍,她没有把要诉说出来的"愁"尽量诉说给郎华。她终于带着"愁"回南方去了。

患　病

　　我在准备早饭，同时打开了窗子，春朝特有的气息充满了屋子。在大炉台上摆着已经去了皮的地豆，小洋刀在手中仍是不断地转着……浅黄色带着面性似的地豆，个个在炉台上摆好，稀饭在旁边冒着泡，我一面切着地豆，一面想着：江上连一块冰也融尽了吧！公园的榆树怕是发了芽吧！已经三天不到公园去，吃过饭非去看看不可。

　　"郎华呀！你在外边尽做什么？也来帮我提一桶水去……"

　　"我不管，你自己去提吧。"他在院子来回走，又是在想什么文章。于是我跑着，为着高兴。把水桶翻得很响，斜着身子从汪家厨房出来，差不多是横走，水桶在腿边左摇荡一下，右摇荡一下……

　　菜烧好，饭也烧好。吃过饭就要去江边，去公园。春天就要在头上飞，在心上过，然而我不能吃早饭了，肚子偶然疼起来。

　　我喊郎华进来，他很惊讶！但越痛越不可耐了。

　　他去请医生，请来一个治喉病的医生。

　　"你是患着盲肠炎吧？"医生问我。

　　我疼得那个样子，还晓得什么盲肠炎不盲肠炎的！眼睛发黑了，喉医生在我的臂上打了止痛药针。

"张医生，车费先请自备吧！过几天和药费一起送去。"郎华对医生说。

一角钱也没有了，我又不能说再请医生，白打了止痛药针，一点痛也不能止。

郎华又跑出去，我不知他跑出去做什么，说不出怀着怎样的心情在等他回来。

一个星期过去，我还不能从床上坐起来。第九天，郎华从外面举着鲜花回来，插在瓶子里，摆在桌上。

"花开了？"

"不但花开，树还绿了呢！"

我听说树绿了，我对于"春"不知怀着多少意义。我想立刻起来去看看，但是什么也不能做，腿软得好像没有腿了，我还站不住。

头痛减轻一些，夜里睡得很熟。有朋友告诉郎华在什么地方有一个市立的公共医院，为贫民而设，不收药费。

当然我挣扎着也要去的。那天是晴天，换好干净衣服，一步一步走出大门，坐上了人力车。郎华在车旁走，起先他是扶着车走，后来，就走在行人道上了。街树不是发着芽的时候，已长好绿叶了！

进了诊闻所，到挂号处挂了名，很长的堂屋，排着长椅子，那里已经开始诊断。穿白衣裳的俄国女人，跑来跑去唤着名字，六七个人一起闯进病室去，过一刻就放出来，第一批人再被呼进去。到这里来的病人，都是穷人，愁眉苦脸的一个，愁眉苦脸的一个。撑着木棍的跛子，脚上生疮缚着白布的肿脚人，肺痨病的女人，白布包住眼睛的盲人，包住眼睛的盲小孩，头上生疮的小孩。对面坐着老外国女人，闭着眼睛，把头靠住椅子，好似睡着，然而她的嘴不住地收缩，她的包头巾在下巴上慢慢牵动……

小孩治疗室有孩子大大地哭叫。内科治疗室门口，外国女人又闯出来，又叫着外国名字；一会儿又有中国人从外科治疗室闯出来，又喊着中国名字……拐脚子和胖脸人都一起走进去……

因为我来得最晚，大概最后才能够叫到我，等得背痛，头痛。

"我们回去吧！明天再来。"坐在人力车上，我已无心再看街树，这样去投医，病象不但没有减轻，好像更加重了些。

不能不去，因为不要钱。第二次去，也被唤着名字走进妇科治疗室。虽等了两点钟，到底进了妇科治疗室。既然进了治疗室，那该说怎样治疗法。

把我引到一个屏风后面，那里摆着一张很宽、很高、很短的台子，台子的两边还立了两支叉形的东西，叫我爬上这台子。当时我可有些害怕了，爬上去做什么呢？莫非要用刀割吗？

我坚决地不爬上去。于是那肥胖的外国女人先上去了，没有什么，并不动刀。换着次序我也被治疗了一回，经过这样的治疗，并不用吃药，只在肚子上按了按，或是一面按着，一面问两句。

我的俄文又不好，所以医生问的，我并不全懂，马马虎虎地就走出治疗室。医生告诉我，明天再来一次，好把药给我。

以后我就没有再去，因为那天我出了诊断所的时候，我是问过一个重病人的，他哼着，他的家属哭着，我以为病人病到不可治的程度。"他们不给药吃，说药贵，让自己去买，哪里有钱买？"

（他们）是这样说向我的。

去了两天诊疗所，等了几个钟头。怕是再去两天，再去等几个钟头，病人就会自然而然地好起来！可惜我没有那样的忍耐性。

十三天

"用不到一个月我们就要走的。你想想吧，去吧！不要闹孩子脾气，三两天我就去看你一次……"郎华说。

为着病，我要到朋友家去休养几天。我本不愿去，那是郎华的意思，非去不可，又因为病象又要重似的，全身失去了力量，骨节酸痛。于是冒着雨，跟着朋友就到朋友家去。

汽车在斜纹的雨中前行。大雨和冒着烟一般。我想开汽车的人怎能认清路呢！但车行得更快起来。在这样大的雨中，人好像坐在房间里，这是多么有趣！汽车走出市街，接近乡村的时候，立刻有一种感觉，好像赴战场似的英勇。我是有病，我并没喊一声"美景"。汽车颠动着，我按紧着肚子，病会使一切厌烦。

当夜还不到九点钟，我就睡了。原来没有睡，来到乡村，那一种落寞的心情浸透了我。又是雨夜，窗子上淅沥地打着雨点。好像是做梦把我惊醒，全身沁着汗，这一刻又冷起来，从骨节发出一种冷的滋味，发着疟疾似的，一刻热了，又寒了！

要解体的样子，我哭出来吧！没有妈妈哭向谁去？

第二天夜又是这样过的，第三夜又是这样过的。没有哭，不能哭，和一个害着病的猫儿一般，自己的痛苦自己担当着吧！整整是一个星期，都是用被子盖着坐在炕上，或是躺在炕上。

窗外的梨树开花了，看着树上白白的花儿。

到端阳节还有二十天，节前就要走的。

眼望着窗外梨树上的白花落了！有小果子长起来，病也渐好，拿椅子到树下去看看小果子。

第八天郎华才来看我，好像父亲来了似的，好像母亲来了似的，我发着一般的，没有和他打招呼，只是让他坐在我的近边。我明明知道生病是平常的事，谁能不生病呢？可是总要酸心，眼泪虽然没有落下来，我却耐过一个长时间酸心的滋味，好像谁虐待了我一般。那样风雨的夜，那样忽寒忽热、独自幻想着的夜！

第二次郎华又来看我，我决定要跟他回家。

"你不能回家。回家你就要劳动，你的病非休息不可，还没有两个星期我们就得走。刚好起来再累病了，我可没有办法。"

"回去，我回去……"

"好，你回家吧！没有一点理智的人，不能克服自己的人还有什么办法！你回家好啦！病犯了可不要再问我！"

我又被留下，窗外梨树上的果子渐渐大起来。我又不住地乱想：穷人是没有家的，生了病被赶到朋友家去。

已是十三天了！

拍卖家具

似乎带着伤心,我们到厨房检查一下,水壶、水桶、小锅这一些都要卖掉,但是这并不是第一次检查。从想走那天起,我就跑到厨房来计算,三角二角,不知道这样计算过多少回,总之一提起"走"字来便去计算,现在可真的要出卖了。

旧货商人就等在门外。

他估着价:水壶、面板、水桶、蓝瓷锅、三只饭碗、酱油瓶子、豆油瓶子,一共值五角钱。

我们没有答话,意思是不想卖了。

"五毛钱不少。你看,这锅漏啦!水桶是旧水桶,买这东西也不过几毛钱,面板这块板子,我买它没有用,饭碗也不值钱……"他一只手向上摇着,另一只手翻着摆在地上的东西,他很看不起这东西,"这还值钱?这还值钱?"

"不值钱,我也不卖。你走吧!"

"这锅漏啦!漏锅……"他的手来回地推动锅底,嘭响一声,再嘭响一声。

我怕他把锅底给弄掉下来,我很不愿意:"不卖了,你走吧!"

"你看这是废货,我买它卖不出钱来。"

我说:"天天烧饭,哪里漏呢?"

"不漏,眼看就要漏,你摸摸这锅底有多么薄?"最后,他又在小锅底上很留恋地敲了两下。

小锅第二天早晨又用它烧了一次饭吃,这是最后的一次。我伤心,明天它就要离开我们到别人家去了!永远不会再遇见,我们的小锅。没有钱买米的时候,我们用它盛着开水来喝;有米太少的时候,就用它煮稀饭给我们吃。现在它要去了!

共患难的小锅呀!与我们别开,伤心不伤心?

旧棉被、旧鞋和袜子,卖空了!空了……

还有一只剑,我也想起拍卖它,郎华说:

"送给我的学生吧!因为剑上刻着我的名字,卖是不方便的。"

前天,他的学生听说老师要走,哭了。

正是练武术的时候,那孩子手举着大刀,流着眼泪。

最后的一个星期

刚下过雨,我们踏着水淋的街道,在中央大街上徘徊,到江边去呢,还是到哪里去呢?

天空的云还没有散,街头的行人还是那样稀疏,任意走,但是再不能走了。

"郎华,我们应该规定个日子,哪天走呢?"

"现在三号,十三号吧!还有十天,怎么样?"

我突然站住,受惊一般地,哈尔滨要与我们别离了!还有十天,十天以后的日子,我们要过在车上、海上,看不见松花江了,只要"满洲国"存在一天,我们是不能来到这块土地。

李和陈成也来了,好像我们走,是应该走。

"还有七天,走了好啊!"陈成说。

为着我们走,老张请我们吃饭。吃过饭以后,又去逛公园。在公园又吃冰激凌,无论怎样总感到另一种滋味,公园的大树,公园夏日的风,沙土,花草,水池,假山,山顶的凉亭……这一切和往日两样,我没有像往日那样到公园里乱跑,我是安静静地走,脚下的沙土慢慢地在响。

夜晚屋中又剩了我一个人,郎华的学生跑到窗前。他偷偷观察着我,他在窗前走来走去,假装着闲走来观察我,来观察这屋中的事情,观察不足,于是问了:

"我老师上哪里去了?"

"找他做什么?"

"找我老师上课。"

其实那孩子平日就不愿意上课,他觉得老师这屋有个景况:怎么这些日子卖起东西来,旧棉花,破皮褥子……

要搬家吧?那孩子不能确定是怎么回事。他跑回去又把小菊也找出来,那女孩和他一般大,当然也觉得其中有个景况。我把灯闭上了,要收拾的东西,暂时也不收拾了!

躺在床上,摸摸墙壁,又摸摸床边,现在这还是我所接触的,再过七天,这一些都别开了。

小锅，小水壶，终归被旧货商人所提走，在商人手里发着响，闪着光，走出门去！那是前年冬天，郎华从破烂市买回来的。现在又将回到破烂市去。

卖掉小水壶，我的心情更不能压制住。不是用的自己的腿似的，到木杸房去看看许多木杸还没有烧尽，是卖呢，还是送朋友？门后还有个电炉，还有双破鞋。

大炉台上失掉了锅，失掉了壶，不像个厨房样。

一个星期已经过去四天，心情随着时间更烦乱起来。也不能在家烧饭吃，到外面去吃，到朋友家去吃。

看到别人家的小锅，吃饭也不能安定。后来，睡觉也不能安定。

"明早六点钟就起来拉床，要早点起来。"

郎华说这话，觉得走是逼近了！必定得走了。好像郎华如不说，就不走了似的。

夜里想睡也睡不安。太阳还没出来，铁大门就响起来，我怕着，这声音要夺去我的心似的，昏茫地坐起来。郎华就跳下床去，两个人从床上往下拉着被子、褥子。枕头摔在脚上，忙忙乱乱，有人打着门，院子里的狗乱咬着。

马颈的铃铛就响在窗外，这样的早晨已经过去，我们遭了恶祸一般，屋子空空的了。我把行李铺了铺，就睡在地板上。为了多日的病和不安，身体弱得快要支持不住的样子。郎华跑到江边去洗他的衬衫，他回来看到我还没有起来，他就生气：

"不管什么时候，总是懒。起来，收拾收拾，该随手拿走的东西，就先把它拿走。"

"有什么收拾的，都已收拾好。我再睡一会儿，天还早，昨夜我失眠了。"我的腿痛，腰痛，又要犯病的样子。

"要睡，收拾干净再睡，起来！"

铺在地板上的小行李也卷起来了。墙壁从四面直垂下来，棚顶一块块发着微黑的地方，是长时间点蜡烛被烛烟所熏黑的。说话的声音有些轰响。空了！在屋子里边走起来很旷荡……

还吃最后的一次早餐——面包和肠子。

我手提个包袱。郎华说："走吧！"他推开了门。

这正像乍搬到这房子郎华说"进去吧"一样。门开着我出来了，我腿发抖，心往下沉坠，忍不住这从没有落下来的眼泪，是哭的时候了！应该流一流眼泪。

我没有回转一次头走出大门，别了家屋、街车、行人、小店铺、行人道旁的杨树！转角了！

别了，"商市街"！

小包袱在手上挎着。我们顺了中央大街南去。

第叁章

明灭浮生动荡中

无论你心胸怎样宽大,
但你的心不能不跳,
因为那摆在你面前的
是荒凉的,是横遭不测的。

潇潇落红情依依,
从异乡又奔向异乡,
这愿望多么渺茫。
而况送着我的是海上的波浪,
迎接我的是异乡的风霜。

——萧红

在东京

在我住所的北边,有一带小高坡,那上面种的或是松树,或是柏树。它们在雨天里,就像同在夜雾里一样,是那么朦胧而且又那么宁静!好像飞在枝间的鸟雀羽翼的音响我都能够听到。

但我真的听得到的,却还是我自己脚步的声音,间或从人家墙头的树叶落到雨伞上的大水点特别地响着。

那天,我走在道上,我看着伞翅上不住地滴水。

"鲁迅是死了吗?"

于是心跳了起来,不能把"死"和鲁迅先生这样的字样相连接,所以左右反复着的是那个饭馆里下女的金牙齿,那些吃早餐的人的眼镜、雨伞,他们好像小型木凳似的雨鞋。最后我还想起了那张贴在厨房边的大画——一个女人抱着一个举着小旗的很胖的孩子,小旗上面就写着"富国强兵"。所以以后,一想到鲁迅的死,就想到那个很胖的孩子。

我已经打开了房东的格子门,可是我无论如何也走不进来,我气恼着:我怎么忽然变大了?

女房东正在瓦斯炉旁斩断一根萝卜,她抓住了她白色的围裙开始好像鸽子似的在笑:"伞……伞……"

原来我好像要撑着伞走上楼去。

她的肥胖的脚掌和男人一样,并且那金牙齿也和那饭馆里下女的金牙齿一样。日本女人多半镶了金牙齿。

我看到有一张报纸上的标题是鲁迅的"偲"。这个"偲"字,我翻了字典,在我们中国的字典上没有这个字,而文章上的句子里,"逝世,逝世"这字样有过好几个,到底是谁逝世了呢?因为是日文报纸看不懂之故。

第二天早晨,我又在那个饭馆里在什么报的文艺篇幅上看到了"逝世,逝世",再看下去,就看到"损失"或"殒星"之类。这回,我难过了,我的饭吃了一半,我就回家了。一走上楼,那空虚的心脏,像铃子似地闹着,而前房里的老太婆在打扫着窗棂和席子的噼啪声,好像在打着我的衣裳那么使我感到沉重。在我看来,虽是早晨,窗外的太阳好像正午一样大了。

我赶快乘了电车,去看××。我在东京的时候,朋友和熟人——只有她。车子向着东中野市郊开去,车上本不拥挤,但我是站着。"逝世,逝世",逝世的就是鲁迅?路上看了不少的山、树和人家,它们却是那么平安、温暖和愉快!我的脸几乎是贴在玻璃上,为的是躲避车上的烦扰,但又谁知道,那从玻璃吸收来的车轮声和机械声,会疑心这车子是从山崖上滚下来了。

××在走廊边上,刷着一双鞋子,她的扁桃腺炎还没有全好,看见了我,颈子有些不会转弯地向我说:

"啊!你来得这样早!"

我把我来的事情告诉她,她说她不相信。因为这事情我也不愿意它是真的,于是找了一张报纸来读。

"这些日子病得连报也不订,也不看了。"她一边翻那在长桌上的报纸,一边用手在摸抚着颈间的药布。

而后,她查了查日文字典,她说那个"偲"字是个印象的意思,是面影意思。她说一定有人到上海访问了鲁迅回来写的。

我问她:"么么为什么有逝世在文章中呢?"我又想起来了,好像那文章上又说:鲁迅的房子有枪弹穿进来,而安静的鲁迅竟坐在摇椅上摇着;或者鲁迅是被枪打死的?日本水兵被杀事件,在电影上都看到了,北四川路又是戒严,又是搬家。鲁迅先生又是住的北四川路。

但她给我的解释,在阿Q心理上非常圆满,她说"逝世"是从鲁迅的口中谈到别人的"逝世","枪弹"是鲁迅谈到"一·二八"时的枪弹,至于"坐在摇椅上",她说谈过去的事情,自然不用惊慌,安静地摇在摇椅上又有什么稀奇。

出来送我走的时候,她还说:

"你这个人啊!不要神经质了!最近在《作家》上、《中流》上他都写了文章,他的身体可见是在复原期中……"

她说我好像慌张得有点傻,但是我愿意听。于是在阿Q心理上我回来了。

我知道鲁迅先生是死了,那是二十二日,正是靖国神社开庙会的时节。我还未起来的时候,那天天空开裂的爆竹,发着白烟,一个跟着一个在升起来。隔壁的老太婆呼喊了几次,她啊啦啊啦地向着那爆竹升起来的天空呼喊,她的头发上开始束了一条红绳。楼下,房东的孩子上楼来送我一块撒着米粒的糕点,我说谢谢他们,但我不知道在那孩子脸上接受了我怎样的眼睛。因为才到五岁的孩子，他带小碟下楼时，那碟沿还不时地在楼梯上磕碰着。他大概是害怕我。

靖国神社的庙会一直闹了三天，教员们讲些下女在庙会时节的故事，神的故事，和日本人拜神的故事，而学生们在满堂大笑，好像世界上并不知道鲁迅死了这回事。

有一天，一个眼睛好像金鱼眼睛的人，在黑板上写着：鲁迅先生大骂徐懋庸引起了文坛一场风波……茅盾起来讲和……

这字样一直没有擦掉。那卷发的，小小的，和中国人差不多的教员，他下课以后常常被人团聚着，谈些个两国不同的习惯和风俗。他的北京话说得很好，中国的旧文章和诗也读过一些。他讲话常常把眼睛从下往上看着。

"鲁迅这个人，你觉得怎么样？"

我很奇怪，又像很害怕，为什么他向我说？结果晓得不是向我说。在我旁边那个位置上的人站起来了，有的教员点名的时候问过他："你多大岁数？"他说他三十多岁。教员说："我看你好像五十多岁的样子……"因为他的头发白了一半。

他作旧诗作得很多。秋天，中秋游日光，游浅草，而且还加上谱调读着。有一天他还让我看看，我说我不懂，别的同学有的借他的诗本去抄录。我听过几次，有人问他："你没再作诗吗？"

他答："没有喝酒呢？"

他听到有人问他，他就站起来了：

"我说……先生……鲁迅，这个人没有什么，没有什么了不起的，他的文章就是一个骂，而且人格上也不好，尖酸刻薄。"

他的黄色的小鼻子歪了一下。我想用手替他扭正过来。

一个大个子，戴着四角帽子，他是"满洲国"的留学生，听说话的口音，还是我的同乡。

"听说鲁迅不是反对'满洲国'的吗？"

那个日本教员，抬一抬肩膀，笑了一下："嗯！"

过了几天，日华学会开鲁迅追悼会了。我们这一班中四十几个人，去追悼鲁迅先生的只有一位小姐。她回来的时候，全班的人都笑她，她的脸红了，打开门，用脚尖向前走着，走得越轻越慢，而那鞋跟就越响。她穿的衣裳颜色一点也不调配，有时是一件红裙子绿上衣，有时是一件黄裙子红上衣。

这就是我在东京看到的这些不调配的人，以及鲁迅的死对他们激起怎样不调配的反应。

回忆鲁迅先生

鲁迅先生的笑声是明朗的，是从心里的欢喜。若有人说了什么可笑的话，鲁迅先生笑得连烟卷都拿不住了，常常是笑得咳嗽起来。

鲁迅先生走路很轻捷，尤其他人记得清楚的，是他刚抓起帽子来往头上一扣，同时左腿就伸出去了，仿佛不顾一切地走去。

鲁迅先生不大注意人的衣裳，他说："谁穿什么衣裳我看不见的……"

鲁迅先生生的病，刚好了一点，他坐在躺椅上，抽着烟，那天我穿着新奇的大红的上衣，很宽的袖子。

鲁迅先生说："这天气闷热起来，这就是梅雨天。"他把他装在象牙烟嘴上的香烟又用手装得紧一点，往下又说了别的。

许先生忙着家务，跑来跑去，也没有对我的衣裳加以鉴赏。

于是我说："周先生，我的衣裳漂亮不漂亮？"

鲁迅先生从上往下看了一眼："不大漂亮。"

过了一会儿又接着说："你的裙子配的颜色不对，并不是红上衣不好看，各种颜色都是好看的，红上衣要配红裙子，不然就是黑裙子，咖啡色的就不行了；这两种颜色放在一起很浑浊……你没看到外国人在街上走的吗？绝没有下边穿一件绿裙子，上边穿一件紫上衣，也没有穿一件红裙子而后穿一件白上衣的……"

鲁迅先生就在躺椅上看着我："你这裙子是咖啡色的，还带格子，颜色浑浊得很，所以把红色衣裳也弄得不漂亮了。"

"……人瘦不要穿黑衣裳，人胖不要穿白衣裳；脚长的女人一定要穿黑鞋子，脚短就一定要穿白鞋子；方格子的衣裳胖人不能穿，但比横格子的还好；横格子的胖人穿上，就把胖子更往两边裂着，更横宽了，胖子要穿竖条子的，竖的把人显得长，横的把人显得宽……"

那天鲁迅先生很有兴致，把我一双短筒靴子也略略批评一下，说我的短靴是军人穿的，因为靴子的前后都有一条线织的拉手，这拉手据鲁迅先生说是放在裤子下边的……

我说："周先生，为什么那靴子我穿了多久了而不告诉我，怎么现在才想起来呢？现在我不是不穿了吗？我穿的这不是另外的鞋吗？"

"你不穿我才说的,你穿的时候,我一说你该不穿了。"

那天下午要赴一个宴会去,我要许先生给我找一点布条或绸条束一束头发。许先生拿了来米色的、绿色的还有桃红色的。经我和许先生共同选定的是米色的。为着取美,许先生把那桃红色的举起来放在我的头发上,并且许先生很开心地说着:

"好看吧!多漂亮!"

我也非常得意,很规矩又顽皮地在等着鲁迅先生往这边看我们。

鲁迅先生这一看,脸是严肃的,他的眼皮往下一放向着我们这边看着:

"不要那样装饰她……"

许先生有点窘了。

我也安静下来。

鲁迅先生在北平教书时,从不发脾气,但常常好用这种眼光看人,许先生常跟我讲。她在女师大读书时,周先生在课堂上,一生气就用眼睛往下一掠,看着他们,这种眼光是鲁迅先生在记范爱农先生的文字曾自己述说过,而谁曾接触过这种眼光的人就会感到一个时代的全智者的催逼。

我开始问:"周先生怎么也晓得女人穿衣裳的这些事情呢?"

"看过书的,关于美学的。"

"什么时候看的……"

"大概是在日本读书的时候……"

"买的书吗?"

"不一定是买的,也许是从什么地方抓到就看的……"

"看了有趣味吗?"

"随便看看……"

"周先生看这书做什么?"

"……"没有回答,好像很难以答。

许先生在旁说:"周先生什么书都看的。"

在鲁迅先生家里作客人,刚开始是从法租界来到虹口,搭电车也要差不多一个钟头的工夫,所以那时候来的次数比较少。记得有一次谈到半夜了,一过十二点电车就没有的,但那天不知讲了些什么,讲到一个段落就看看旁边小长桌上的圆钟,十一点半了,十一点四十五分了,电车没有了。

"反正已十二点,电车也没有,那么再坐一会儿。"许先生如此劝着。

鲁迅先生好像听了所讲的什么引起了幻想,安顿地举着象牙烟嘴在沉思着。

一点钟以后,送我(还有别的朋友)出来的是许先生。外边下着的蒙蒙的小雨,弄堂里灯光全然灭掉了,鲁迅先生嘱咐许先生一定让坐小汽车回去,并且一定嘱咐许先生付钱。

以后也住到北四川路来,就每夜饭后必到大陆新村来了,刮风的天,下雨的天,几乎没有间断的时候。

鲁迅先生很喜欢北方饭,还喜欢吃油炸的东西,喜欢吃硬的东西,就是后来生病的时候,也不大吃牛奶,鸡汤端到旁边用调羹舀了一二下就算了事。

有一天约好我去包饺子吃,那还是住在法租界,所以带了外国酸菜和用绞肉机绞成的牛肉,就和许先生站在客厅后边的方桌边包起来。海婴公子围着闹得起劲,一会儿把按成圆饼的面拿去了,他说做了一只船来,送在我们的眼前,我们不看他,转身他又做了一只小鸡。许先生和我都不去看他,对他竭力避免加以赞美,若一赞美起来,怕他更做得起劲。

客厅后边没到黄昏就先黑了,背上感到些微微的寒凉,知道衣裳不够了,但为着忙,没有加衣裳去。等把饺子包完了看看那数目并不多,这才知道许先生我们谈话谈得太多,误了工作。许先生怎样离开家的,怎样到天津读书的,在女师大读书时怎样做了家庭教师。她去考家庭教师的那一段描写,非常有趣,只取一名,可是考了好几十名,她之能够当选算是难的了。指望对于学费有点补助,冬天来了,北平又冷,那家离学校又远,每月除了车子钱之外,若伤风感冒还得自己拿出买阿司匹林的钱来,每月薪金十元要从西城跑到东城……

饺子煮好,一上楼梯,就听到楼上明朗的鲁迅先生的笑声冲下楼梯来,原来有几个朋友在楼上也正谈得热闹。那一天吃得是很好的。

以后我们又做过韭菜合子,又做过荷叶饼。我一提议,鲁迅先生必然赞成,而我做得又不好,可是鲁迅还是在桌上举着筷子问许先生:"我再吃几个吗?"

因为鲁迅先生胃不大好,每饭后必吃"脾自美"药丸一二粒。

有一天下午鲁迅先生正在校对瞿秋白的《海上述林》,我一走进卧室去,从那圆转椅上鲁迅先生转过来了,向着我,还微微站起了一点。

"好久不见,好久不见。"一边说着一边向我点头。

刚刚我不是来过了吗？怎么会好久不见？就是上午我来的那次周先生忘记了，可是我也每天来呀……怎么都忘记了吗？

周先生转身坐在躺椅上才自己笑起来，他是在开着玩笑。

梅雨季，很少有晴天，一天的上午刚一放晴，我高兴极了，就到鲁迅先生家去了，跑得上楼还喘着。鲁迅先生说："来啦！"我说："来啦！"

我喘着连茶也喝不下。

鲁迅先生就问我："有什么事吗？"

我说："天晴啦，太阳出来啦。"

许先生和鲁迅先生都笑着，一种对于冲破忧郁心境的崭然的会心的笑。

海婴一看到我非拉我到院子里和他一道玩不可，拉我的头发或拉我的衣裳。

为什么他不拉别人呢？据周先生说："他看你梳着辫子，和他差不多，别人在他眼里都是大人，就看你小。"

许先生问着海婴："你为什么喜欢她呢？不喜欢别人？"

"她有小辫子。"说着就来拉我的头发。

鲁迅先生家生客人很少，几乎没有，尤其是住在他家里的人更没有。一个礼拜六的晚上，在二楼上鲁迅先生的卧室里摆好了晚饭，围着桌子坐满了人。每逢礼拜六晚上都是这样的，周建人先生带着全家来拜访的。在桌子边坐着一个很瘦的很高的穿着中国小背心的人，鲁迅先生介绍说："这是位同乡，是商人。"

初看似乎对的，穿着中国裤子，头发剃得很短。当吃饭时，他还让别人酒,也给我倒一盅,态度很活泼,不大像个商人;等吃完了饭,又谈到《伪自由书》及《二心集》。这个商人,开明得很,在中国不常见。没有见过的就总不大放心。

下一次是在楼下客厅后的方桌上吃晚饭,那天很晴,一阵阵地刮着热风,虽然黄昏了,客厅后还不昏黑。鲁迅先生是新剪的头发,还能记得桌上有一盘黄花鱼,大概是顺着鲁迅先生的口味,是用油煎的。鲁迅先生前面摆着一碗酒,酒碗是扁扁的,好像用做吃饭的饭碗。那位商人先生也能喝酒,酒瓶就站在他的旁边。他说蒙古人什么样,苗人什么样,从西藏经过时,那西藏女人见了男人追她,她就如何如何。

这商人可真怪,怎么专门走地方,而不做买卖?并且鲁迅先生的书他也全读过,一开口这个,一开口那个?并且海婴叫他×先生?我一听那×字就明白他是谁了。×先生常常回来得很迟,从鲁迅先生家里出来,在弄堂里遇到了几次。

有一天晚上×先生从三楼下来,手里提着小箱子,身上穿着长袍子,站在鲁迅先生的面前,他说他要搬了。他告了辞,许先生送他下楼去了。这时候周先生在地板上绕了两个圈子,问我说:

"你看他到底是商人吗?"

"是的。"我说。

鲁迅先生很有意思地在地板上走几步,而后向我说:"他是贩卖私货的商人,是贩卖精神上的……"

×先生走过二万五千里回来的。

青年人写信,写得太草率,鲁迅先生是深恶痛绝之的。

"字不一定要写得好,但必须得使人一看了就认识,年轻人现在都太忙了……他自己赶快胡乱写完了事,别人看了三遍五遍看不明白,这费了多少工夫,他不管。反正这费了工夫不是他的。这存心是不太好的。"

但他还是展读着每封由不同角落里投来的青年的信,眼睛不济时,便戴起眼镜来看,常常看到夜里很深的时光。

鲁迅先生坐在××电影院楼上的第一排,那片名忘记了,新闻片是苏联纪念五一节的红场。

"这个我怕看不到的……你们将来可以看得到。"鲁迅先生向我们周围的人说。

珂勒惠支的画,鲁迅先生最佩服,同时也很佩服她的做人。珂勒惠支受希特勒的压迫,不准她做教授,不准她画画,鲁迅先生常讲到她。

史沫特烈,鲁迅先生也讲到,她是美国女子,帮助印度独立运动,现在又在援助中国。

鲁迅先生介绍人去看的电影有《夏伯阳》《复仇艳遇》……其余的如《人猿泰山》……或者非洲的怪兽这一类的影片,也常介绍给人的。鲁迅先生说:"电影没有什么好的,看看鸟兽之类倒可以增加些对于动物的知识。"

鲁迅先生不游公园,住在上海十年,兆丰公园没有进过。虹口公园这么近也没有进过。春天一到了,我常告诉周先生,我说公园里的土松软了,公园里的风多么柔和。周先生答应选个晴好的天气,选个礼拜日、海婴休假日,好一道去,坐一乘小汽车一直开到兆丰公园,也算是短途旅行。但这只是想着而未有做到,并且把公园给下了定义。

鲁迅先生说："公园的样子我知道的……一进门分做两条路，一条通左边，一条通右边，沿着路种着点柳树什么树的，树下摆着几张长椅子，再远一点有个水池子。"

我是去过兆丰公园的，也去过虹口公园或是法国公园的，仿佛这个定义适用在任何国度的公园设计者。

鲁迅先生不戴手套，不围围巾，冬天穿着黑土蓝的棉布袍子，头上戴着灰色毡帽，脚穿黑帆布胶皮底鞋。

胶皮底鞋夏天特别热，冬天又凉又湿，鲁迅先生的身体不算好，大家都提议把这鞋子换掉。鲁迅先生不肯，他说胶皮底鞋子走路方便。

"周先生一天走多少路呢？也不就一转弯到×××书店走一趟吗？"

鲁迅先生笑而不答。

"周先生不是很好伤风吗？不围巾子，风一吹不就伤风了吗？"

鲁迅先生这些个都不习惯，他说：

"从小就没戴过手套围巾，戴不惯。"

鲁迅先生一推开门从家里出来时，两只手露在外边，很宽的袖口冲着风就向前走，腋下夹着个黑绸子印花的包袱，里边包着书或者是信，到老靶子路书店去了。

那包袱每天出去必带出去，回来必带回来。出去时带着给青年们的信，回来又从书店带来新的信和青年请鲁迅先生看的稿子。

鲁迅先生抱着印花包袱从外边回来，还提着一把伞，一进门客厅早坐着客人，把伞挂在衣架上就陪客人谈起话来。谈了很久了，伞上的水滴顺着伞杆在地板上已经聚了一堆水。

鲁迅先生上楼去拿香烟，抱着印花包袱，而那把伞也没有忘记，顺手也带到楼上去。鲁迅先生的记忆力非常之强，他的东西从不随便散置在任何地方。

鲁迅先生很喜欢北方口味。许先生想请一个北方厨子，鲁迅先生以为开销太大，请不得的，男用人至少要十五元钱的工钱，所以买米买炭都是许先生下手。我问许先生为什么用两个女用人都是年老的，都是六七十岁的？许先生说她们做惯了，海婴的保姆，海婴几个月时就在这里。

正说着那矮胖胖的保姆走下楼梯来了，和我们打了个迎面。

"先生，没吃茶吗？"她赶快拿了杯子去倒茶，那刚刚下楼时气喘的声音还在喉管里咕噜咕噜的，她确实年老了。

来了客人，许先生没有不下厨房的，菜食很丰富，鱼、肉……都是用大碗装着，起码四五碗，多则七八碗。可是平常就只三碗菜：一碗素炒豌豆苗，一碗笋炒咸菜，再一碗黄花鱼。

这菜简单到极点。

鲁迅先生的原稿，在拉都路一家炸油条的那里用着包油条，我得到了一张，是译《死魂灵》的原稿，写信告诉了鲁迅先生。鲁迅先生不以为稀奇，许先生倒很生气。

鲁迅先生出书的校样，都用来揩桌，或做什么的。请客人在家里吃饭，吃到半道，鲁迅先生回身去拿来校样给大家分着。客人接到手里一看，这怎么可以？鲁迅先生说：

"擦一擦，拿着鸡吃，手是腻的。"

到洗澡间去，那边也摆着校样纸。

许先生从早晨忙到晚上，在楼下陪客人，一边还手里打着毛线，不然就是一边谈着话，一边站起来用手摘掉花盆里花上已干枯了的叶子。许先生每送一个客人，都要送到楼下门口，替客人把门开开，客人走出去，而后轻轻地关了门再上楼来。

来了客人还到街上去买鱼或买鸡，买回来还要到厨房里去工作。

鲁迅先生临时要寄一封信，就得许先生换起皮鞋子来到邮局或者大陆新村旁边信筒那里去。落着雨天，许先生就打起伞来。

许先生是忙的，许先生的笑是愉快的，但是头发有一些是白了的。

夜里去看电影，施高塔路的汽车房只有一辆车，鲁迅先生一定不坐，一定让我们坐。许先生，周建人夫人……海婴，周建人先生的三位女公子。我们上车了。

鲁迅先生和周建人先生，还有别的一二位朋友在后边。

看完了电影出来，又只叫到一部汽车，鲁迅先生又一定不肯坐，让周建人先生的全家坐着先走了。

鲁迅先生旁边走着海婴，过了苏州河的大桥去等电车去了。等了二三十分钟电车还没有来，鲁迅先生依着沿苏州河的铁栏杆坐在桥边的石围上了，并且拿出香烟来，装上烟嘴，悠然地吸着烟。

海婴不安地来回地乱跑，鲁迅先生还招呼他和自己并排坐下。

鲁迅先生坐在那儿和一个乡下的安静老人一样。鲁迅先生吃的是清茶，其余不吃别的饮料。咖啡、可可、牛奶、汽水之类，家里都不预备。

鲁迅先生陪客人到深夜，必同客人一道吃些点心。那饼干就是从铺子里买来的，装在饼干盒子里，到夜深许先生拿着碟子取出来，摆在鲁迅先生的书桌上。吃完了，许先生打开立柜再取一碟。还有向日葵子，差不多每来客人必不可少。鲁迅先生一边抽着烟，一边剥着瓜子吃，吃完了一碟鲁迅先生必请许先生再拿一碟来。

鲁迅先生备有两种纸烟，一种价钱贵的，一种便宜的。便宜的是绿听子的，我不认识那是什么牌子，只记得烟头上带着黄纸的嘴，每五十支的价钱大概是四角到五角，是鲁迅先生自己平日用的。另一种是白听子的，是前门烟，用来招待客人的，白听烟放在鲁迅先生书桌的抽屉里。来客人，鲁迅先生下楼，把它带到楼下去，客人走了，又带回楼上来照样放在抽屉里；而绿听子的永远放在书桌上，是鲁迅先生随时吸着的。

鲁迅先生的休息，不听留声机，不出去散步，也不倒在床上睡觉，鲁迅先生自己说：

"坐在椅子上翻一翻书就是休息了。"

鲁迅先生从下午二三点钟起就陪客人，陪到五点钟，陪到六点钟；客人若在家吃饭，吃完饭又必要在一起喝茶，或者刚刚吃完茶走了，或者还没走又来了客人，于是又陪下去，陪到八点钟，十点钟，常常陪到十二点钟。从下午三点钟起，陪到夜里十二点，这么长的时间，鲁迅先生都是坐在藤躺椅上，不断地吸着烟。

客人一走，已经是下半夜了，本来已经是睡觉的时候了，可是鲁迅先生正要开始工作。

在工作之前，他稍微合一合眼睛，燃起一支烟来，躺在床边上，这一支烟还没有吸完，许先生差不多就在床里边睡着了（许先生为什么睡得这样快？因为第二天早晨六七点钟就要来管理家务）。海婴这时在三楼和保姆一道睡着了。

全楼都寂静下去，窗外也一点声音没有了，鲁迅先生站起来，坐到书桌边,在那绿色的台灯下开始写文章了。许先生说鸡鸣的时候,鲁迅先生还是坐着,街上的汽车嘟嘟地叫起来了,鲁迅先生还是坐着。

有时许先生醒了,看着玻璃窗白萨萨的了,灯光也不显得怎么亮了,鲁迅先生的背影不像夜里那样高大。

鲁迅先生的背影是灰黑色的,仍旧坐在那里。

人家都起来了,鲁迅先生才睡下。

海婴从三楼下来了,背着书包,保姆送他到学校去,经过鲁迅先生的门前,保姆总是吩咐他说:

"轻一点走,轻一点走。"

鲁迅先生刚一睡下,太阳就高起来了,太阳照着隔院子的人家,明亮亮的,照着鲁迅先生花园的夹竹桃,明亮亮的。

鲁迅先生的书桌整整齐齐的,写好的文章压在书下边,毛笔在烧瓷的小龟背上站着。一双拖鞋停在床下,鲁迅先生在枕头上边睡着了。

鲁迅先生喜欢吃一点酒,但是不多吃,吃半小碗或一碗。

鲁迅先生吃的是中国酒,多半是花雕。

老靶子路有一家小吃茶店,只有门面一间,在门面里边设座,座少,安静,光线不充足,有些冷落。鲁迅先生常到这里吃茶店来,有约会多半是在这里边,老板是犹太也许是白俄,胖胖的,中国话大概他听不懂。

鲁迅先生这一位老人,穿着布袍子,有时到这里来,泡一壶红茶,和青年人坐在一道谈了一两个钟头。

有一天,鲁迅先生的背后那茶座里边坐着一位摩登女子,身穿紫裙子黄衣裳，头戴花帽子……那女子临走时，鲁迅先生一看她，用眼瞪着她，很生气地看了她半天，而后说："是做什么的呢？"

鲁迅先生对于穿着紫裙子黄衣裳、花帽子的人就是这样看法的。

鬼到底是有的（还是）没有的？传说上有人见过，还跟鬼说过话，还有人被鬼在后边追赶过，吊死鬼一见了人就贴在墙上，但没有一个人捉住一个鬼给大家看看。

鲁迅先生讲了他看见过鬼的故事给大家听：

"是在绍兴……"鲁迅先生说，"三十年前……"

那时鲁迅先生从日本读书回来，在一个师范学堂里也不知是什么学堂里教书，晚上没有事时，鲁迅先生总是到朋友家去谈天。这朋友住的离学堂几里路，几里路不算远，但必得经过一片坟地。谈天有的时候就谈得晚了，十一二点钟才回学堂的事也常有，有一天鲁迅先生就回去得很晚，天空有很大的月亮。

鲁迅先生向着归路走得很起劲时，往远处一看，远远有一个白影。

鲁迅先生不相信鬼的，在日本留学时是学的医，常常把死人抬来解剖的。鲁迅先生解剖过二十几个，不但不怕鬼，对死人也不怕，所以对坟地也就根本不怕。仍旧是向前走的。

走了不几步，那远处的白影没有了，再看突然又有了。并且时小时大，时高时低，正和鬼一样。鬼不就是变幻无常的吗？

鲁迅先生有点踌躇了，到底向前走呢，还是回过头来走？

本来回学堂不止这一条路，这不过是最近的一条就是了。

鲁迅先生仍是向前走，到底要看一看鬼是什么样，虽然那时候也怕了。

鲁迅先生那时从日本回来不久,所以还穿着硬底皮鞋。鲁迅先生决心要给那鬼一个致命的打击,等走到那白影旁边时,那白影缩小了,蹲下了,一声不响地靠住了一个坟堆。

鲁迅先生就用了他的硬皮鞋踢了出去。

那白影"噢"的一声叫起来,随着就站起来,鲁迅先生定眼看去,他却是个人。

鲁迅先生说在他踢的时候,他是很害怕的,好像若一下不把那东西踢死,自己反而会遭殃的,所以用了全力踢出去。

原来是个盗墓子的人在坟场上半夜做着工作。

鲁迅先生说到这里就笑了起来。

"鬼也是怕踢的,踢他一脚就立刻变成人了。"

我想,倘若是鬼常常让鲁迅先生踢踢倒是好的,因为给了他一个做人的机会。

从福建菜馆叫的菜,有一碗鱼做的丸子。

海婴一吃就说不新鲜,许先生不信,别的人也都不信。因为那丸子有的新鲜,有的不新鲜,别人吃到嘴里的恰好都是没有改味的。

许先生又给海婴一个,海婴一吃,又不是好的,他又嚷嚷着。别人都不注意,鲁迅先生把海婴碟里的拿来尝尝,果然不是新鲜的。鲁迅先生说:

"他说不新鲜,一定也有他的道理,不加以查看就抹杀是不对的。"

以后我想起这件事来,私下和许先生谈过,许先生说:"周先生的做人,真是我们学不了的。哪怕一点点小事。"

鲁迅先生包一个纸包也要包得整整齐齐,比如一些要寄出的书,鲁迅先生常常从许先生手里拿过来自己包,许先生本来包得那么好,而鲁迅先生还要亲自动手。

鲁迅先生把书包好了,用细绳捆上,那包方方正正的,连一个角也不准歪一点或扁一点,而后拿着剪刀,把捆书的那绳头都剪得整整齐齐。

就是包这书的纸都不是新的,都是从街上买东西回来留下来的。许先生上街回来把买来的东西一打开,随手就把包东西的牛皮纸折起来,随手把小细绳卷了一个卷。若小细绳上有一个疙瘩,也要随手把它解开的,准备着随时用随时方便。

鲁迅先生住的是大陆新村九号。

一进弄堂口,满地铺着大方块的水门汀,院子里不怎样嘈杂,从这院子出入的有时候是外国人,也能够看到外国小孩在院子里零星地玩着。

鲁迅先生隔壁挂着一块大的牌子,上面写着一个"茶"字。

在一九三五年十月一日。

鲁迅先生的客厅里摆着长桌,长桌是黑色的,油漆不十分新鲜,但也并不破旧。桌上没有铺什么桌布,只在长桌的当心摆着一个绿豆青色的花瓶,花瓶里长着几株大叶子的万年青。围着长桌有七八张木椅子。尤其是在夜里,全弄堂一点什么声音也听不到。

那夜,就和鲁迅先生和许先生一道坐在长桌旁边喝茶的。当夜谈了许多关于伪满洲国的事情,从饭后谈起,一直谈到九点钟十点钟而后到十一点钟。时时想退出来,让鲁迅先生好早点休息,因为我看出来鲁迅先生身体不大好,又加上听许先生说过,鲁迅先生伤风了一个多月，刚好了的。但鲁迅先生并没有疲倦的样子。虽然客厅里也摆着一张可以卧倒的藤椅，我们劝他几次想让他坐在藤椅上休息一下，但是他没有去，仍旧坐在椅子上。并且还上楼一次，去加穿了一件皮袍子。

那夜鲁迅先生到底讲了些什么，现在记不起来了。也许想起来的不是那夜讲的而是以后讲的也说不定。过了十一点，天就落雨了，雨点淅沥淅沥地打在玻璃窗上，窗子没有窗帘，所以偶一回头，就看到玻璃窗上有小水流往下流。夜已深了，并且落了雨，心里十分着急，几次站起来想要走，但是鲁迅先生和许先生一再说再坐一下。

"十二点以前终归有车子可搭的。"

所以一直坐到将近十二点，才穿起雨衣来，打开客厅外边的响着的铁门，鲁迅先生非要送到铁门外不可。我想为什么他一定要送呢？对于这样年轻的客人，这样的送是应该的吗？雨不会打湿了头发，受了寒伤风不又要继续下去吗？站在铁门外边，鲁迅先生指着隔壁那家写着"茶"字的大牌子说："下次来记住这个'茶'字，就是这个'茶'的隔壁，"而且伸出手去，几乎是触到了钉在锁门旁边的那个九号的"九"字，"下次来记住'茶'的旁边'九号'。"

于是脚踏着方块的水门汀，走出弄堂来，回过身去往院子里边看了一看，鲁迅先生那一排房子统统是黑洞洞的，若不是告诉的那样清楚，下次来恐怕要记不住的。

鲁迅先生的卧室，一张铁架大床，床顶上遮着许先生亲手做的白布刺花的围子，顺着床的一边折着两床被子，都是很厚的，是花洋布的被面。挨着门口的床头的方面站着抽屉柜。一进门的左首摆着八仙桌,桌子的两旁藤椅各一,立柜站在和方桌一排的墙角,立柜本是挂衣服的,衣裳却很少,都让糖盒子、饼干桶子、瓜子罐给塞满了。有一次××老板的太太来拿版权的图章花,鲁迅先生就从立柜下边大抽屉里取出的。沿着墙角往窗子那边走,有一张装饰台,桌子上有一个方形的满浮着绿草的玻璃养鱼池,里边游着的不是金鱼而是灰色的扁肚子的小鱼。除了鱼池之外另有一只圆的表,其余那上边满装着书。铁床架靠窗子的那头的书柜里和书柜外都是书。最后是鲁迅先生的写字台,那上边也都是书。

鲁迅先生家里,从楼上到楼下,没有一个沙发。鲁迅先生工作时坐的椅子是硬的,到楼下陪客人时坐的椅子又是硬的。

鲁迅先生的写字台面向着窗子,上海弄堂房子的窗子差不多满一面墙那么大,鲁迅先生把它关起来,因为鲁迅先生工作起来有一个习惯,怕吹风,风一吹,纸就动,时时防备着纸跑,文章就写不好。所以屋子里热得和蒸笼似的,请鲁迅先生到楼下去,他又不肯,鲁迅先生的习惯是不换地方。有时太阳照进来,许先生劝他把书桌移开一点都不肯。只有满身流汗。

鲁迅先生的写字桌,铺了张蓝格子的油漆布。四角都用图钉按着。桌子上有小砚台一方,墨一块,毛笔站在笔架上。笔架是烧瓷的,在我看来不很细致,是一个龟,龟背上带着好几个洞,笔就插在那洞里。鲁迅先生多半是用毛笔的,钢笔也不是没有,是放在抽屉里。桌上有一个方大的白瓷的烟灰盒,还有一个茶杯,杯子上带着盖。

鲁迅先生的习惯与别人不同,写文章用的材料和来信都压在桌子上,把桌子都压得满满的,几乎只有写字的地方可以伸开手,其余桌子的一半被书或纸张占有着。

左手边的桌角上有一个带绿灯罩的台灯,那灯泡是横着装的,在上海那是极普通的台灯。

冬天在楼上吃饭,鲁迅先生自己拉着电线把台灯的机关从棚顶的灯头上拔下,而后装上灯泡子。等饭吃过,许先生再把电线装起来,鲁迅先生的台灯就是这样做成的,拖着一根长长的电线在棚顶上。

鲁迅先生的文章,多半是在这台灯下写的。因为鲁迅先生的工作时间,多半是下半夜一两点起,天将明了休息。

卧室就是如此,墙上挂着海婴公子一个月婴孩的油画像。

挨着卧室的后楼里边,完全是书了,不十分整齐,报纸和杂志或洋装的书,都混在这间屋子里,一走进去多少还有些纸张气味。地板被书遮盖得太小了,几乎没有了,大网篮也堆在书中。墙上拉着一条绳子或者是铁丝,就在那上边系了小提盒、铁丝笼之类。风干荸荠就盛在铁丝笼里,扯着的那铁丝几乎被压断了在弯弯着。一推开藏书室的窗子,窗子外边还挂着一筐风干荸荠。

"吃吧,多得很,风干的,格外甜。"许先生说。

楼下厨房传来了煎菜的锅铲的响声,并且两个年老的娘姨慢重重地在讲一些什么。

厨房是家庭最热闹的一部分。整个三层楼都是静静的,喊娘姨的声音没有,在楼梯上跑来跑去的声音没有。鲁迅先生家里五六间房子只住着五个人,三位是先生的全家,余下的二位是年老的女用人。来了客人都是许先生亲自倒茶,即或是麻烦到娘姨时,也是许先生下楼去吩咐,绝没有站到楼梯口就大声呼唤的时候。所以整个房子都在静悄悄之中。

只有厨房比较热闹了一点,自来水哗哗地流着,洋瓷盆在水门汀的水池子上每拖一下磨着嚓嚓地响,洗米的声音也是嚓嚓的。鲁迅先生很喜欢吃竹笋的,在菜板上切着笋片笋丝时,刀刃每划下去都是很响的。其实比起别人家的厨房来却冷清极了,所以洗米声和切笋声都分开来听得样样清清晰晰。

客厅的一边摆着并排的两个书架,书架是带玻璃橱的,里边有朵斯托益夫斯基(陀思妥耶夫斯基)的全集和别的外国作家的全集,大半都是日文译本。地板上没有地毯,但擦得非常干净。

海婴公子的玩具橱也站在客厅里,里边是些毛猴子、橡皮人、火车汽车之类,里边装得满满的,别人是数不清的,只有海婴自己伸手到里边找些什么就有什么。过新年时在街上买的兔子灯,纸毛上已经落了灰尘了,仍摆在玩具橱顶上。

客厅只有一个灯头,大概五十烛光。客厅的后门对着上楼的楼梯,前门一打开有一个一方丈大小的花园,花园里没有什么花看,只有一株很高的七八尺高的小树。大概那树是柳桃,一到了春天,喜欢生长蚜虫,忙得许先生拿着喷蚊虫的机器,一边陪着谈话,一边喷着杀虫药水。沿着墙根,种了一排玉米,许先生说:"这玉米长不大的,这土是没有养料的,海婴一定要种。"

春天,海婴在花园里掘着泥沙,培植着各种玩艺。

三楼则特别静了,向着太阳开着两扇玻璃门,门外有一个水门汀的突出的小廊子,春天很温暖地抚摸着门口长垂着的帘子,有时帘子被风打得很高,飘扬的(样子)饱满得和大鱼泡似的。那时候隔院的绿树照进玻璃门扇里边来了。

海婴坐在地板上装着小工程师在修着一座楼房，他那楼房是用椅子横倒了架起来修的，而后遮起一张被单来算作屋瓦，全个房子在他自己拍着手的赞誉声中完成了。

这间屋感到些空旷和寂寞，既不像女工住的屋子，又不像儿童室。海婴的眠床靠着屋子的一边放着，那大圆顶帐子日里也不打起来，长拖拖的好像从栅顶一直拖到地板上；那床是非常讲究的，属于刻花的木器一类的。许先生讲过，租这房子时，从前一个房客转留下来的。海婴和他的保姆，就睡在五六尺宽的大床上。

冬天烧过的火炉，三月里还冷冰冰地在地板上站着。

海婴不大在三楼上玩的，除了到学校去，就是在院里踏脚踏车，他非常欢喜跑跳，所以厨房、客厅、二楼，他是无处不跑的。

三楼整天在高处空着，三楼的后楼住着另一个老女工，一天很少上楼来，所以楼梯擦过之后，一天到晚干净得溜明。

一九三六年三月里鲁迅先生病了，靠在二楼的躺椅上，心脏跳动得比平日厉害，脸色微灰了一点。

许先生正相反的，脸色是红的，眼睛显得大了，讲话的声音是平静的，态度并没有比平日慌张。在楼下一走进客厅来许先生就告诉说：

"周先生病了，气喘……喘得厉害，在楼上靠在躺椅上。"

鲁迅先生呼喘的声音，不用走到他的旁边，一进了卧室就听得到的。鼻子和胡须在扇着，胸部一起一落。眼睛闭着，差不多永久不离开手的纸烟，也放弃了。藤椅后边靠着枕头，鲁迅先生的头有些向后,两只手空闲地垂着。眉头仍和平日一样没有聚皱,脸上是平静的,舒展的,似乎并没有任何痛苦加在身上。

"来了吧?"

鲁迅先生睁一睁眼睛:"不小心,着了凉呼吸困难……到藏书的房子去翻一翻书……那房子因为没有人住,特别凉……回来就……"

许先生看周先生说话吃力,赶紧接着说周先生是怎样气喘的。

医生看过了,吃了药,但喘并未停。下午医生又来过,刚刚走。

卧室在黄昏里边一点一点地暗下去,外边起了一点小风,隔院的树被风摇着发响。别人家的窗子有的被风打着发出自动关开的响声,家家的流水道都是哗啦哗啦地响着水声,一定是晚餐之后洗着杯盘的剩水。晚餐后该散步的散步去了,该会朋友的会友去了,弄堂里来去的稀疏不断地走着人,而娘姨们还没有解掉围裙呢,就依着后门彼此搭讪起来。小孩子们三五一伙前门后门地跑着,弄堂外汽车穿来穿去。

鲁迅先生坐在躺椅上,沉静地、不动地合着眼睛,略微灰了的脸色被炉里的火染红了一点。纸烟听子蹲在书桌上,盖着盖子,茶杯也蹲在桌子上。

许先生轻轻地在楼梯上走着,许先生一到楼下去,二楼就只剩了鲁迅先生一个人坐在椅子上,呼喘把鲁迅先生的胸部有规律性地抬得高高的。

"鲁迅先生必得休息的。"须藤医生这样说的。可是鲁迅先生从此不但没有休息,并且脑子里所想的更多了,要做的事情都像非立刻就做不可:校《海上述林》的校样,印珂勒惠支的画,翻译《死魂灵》下部，刚好了，这些就都一起开始了，还计算着出《三十年集》（《鲁迅全集》）。

鲁迅先生感到自己的身体不好，就更没有时间注意身体，所以要多做，赶快做。当时大家不解其中的意思，都以为鲁迅先生不加以休息不以为然，后来读了鲁迅先生《死》的那篇文章才了然了。

鲁迅先生知道自己的健康不成了，工作的时间没有几年了，死了是不要紧的，只要留给人类更多，鲁迅先生就是这样。

不久书桌上德文字典和日文字典都摆起来了，果戈里的《死魂灵》又开始翻译了。

鲁迅先生的身体不大好，容易伤风，伤风之后，照常要陪客人，回信，校稿子。所以伤风之后总要拖下去一个月或半个月的。

瞿秋白的《海上述林》校样，一九三五年冬，一九三六年的春天，鲁迅先生不断地校着，几十万字的校样，要看三遍；而印刷所送校样来总是十页八页的，并不是统统一道地送来，所以鲁迅先生不断地被这校样催索着。鲁迅先生竟说：

"看吧，一边陪着你们谈话，一边看校样，眼睛可以看，耳朵可以听……"

有时客人来了，一边说着笑话，鲁迅先生一边放下了笔。

有的时候也说："几个字了……请坐一坐……"

一九三五年冬天，许先生说：

"周先生的身体是不如从前了。"

有一次鲁迅先生到饭馆里去请客，来的时候兴致很好，还记得那次吃了一只烤鸭子，整个的鸭子用大钢叉子叉上来时，大家看这鸭子烤得又油又亮的，鲁迅先生也笑了。

菜刚上满了，鲁迅先生就到躺椅上吸一支烟，并且合一合眼睛。一吃完了饭，有的喝了酒的，大家都闹乱了起来，彼此抢着苹果，彼此讽刺着玩，说着一些可笑的话。而鲁迅先生这时候，坐在躺椅上，合着眼睛，很庄严地在沉默着，让拿在手上纸烟的烟丝袅袅地上升着。

别人以为鲁迅先生也是喝多了酒吧！

许先生说：

"周先生的身体是不如从前了，吃过了饭总要闭一闭眼睛稍微休息一下，从前一向没有这习惯。"

周先生从椅子上站起来了，大概说他喝多了酒的话让他听到了。

"我不多喝酒的。小的时候，母亲常提到父亲喝了酒，脾气怎样坏，母亲说，长大了不要喝酒，不要像父亲那样子……所以我不多喝的……从来没喝醉过……"

鲁迅先生休息好了，换了一支烟，站起来也去拿苹果吃，可是苹果没有了。鲁迅先生说：

"我争不过你们了，苹果让你们抢没了。"

有人抢到手的还在保存着的苹果，奉献出来，鲁迅先生没有吃，只在吸烟。

一九三六年春，鲁迅先生的身体不大好，但没有什么病，吃过了夜饭，坐在躺椅上，总要闭一闭眼睛沉静一会儿。

许先生对我说，周先生在北平时，有时开着玩笑，手按着桌子一跃就能够跃过去，而近年来没有这么做过。大概没有以前那么灵便了。

这话许先生和我是私下讲的，鲁迅先生没有听见，仍靠在躺椅上沉默着呢。

许先生开了火炉门，装着煤炭哗哗地响，把鲁迅先生震醒了。一讲起话来鲁迅先生的精神又照常一样。

鲁迅先生睡在二楼的床上已经一个多月了，气喘虽然停止，但每天发热，尤其是在下午，热度总在三十八度、三十九度之间，有时也到三十九度多。那时鲁迅先生的脸是微红的，目力是疲弱的，不吃东西，不大多睡，没有一些呻吟，似乎全身都没有什么痛楚的地方。躺在床上的时候张开眼睛看着，有的时候似睡非睡的安静地躺着，茶吃得很少。差不多一刻也不停地吸烟，而今几乎完全放弃了，纸烟听子不放在床边，而仍很远地蹲在书桌上，若想吸一支，是请许先生付给的。

许先生从鲁迅先生病起，更过度地忙了。按着时间给鲁迅先生吃药，按着时间给鲁迅先生试温度表，试过了之后还要把一张医生发给的表格填好。那表格是一张硬纸，上面画了无数根线，许先生就在这张纸上拿着米度尺画着度数，那表画得和尖尖的小山丘似的，又像尖尖的水晶石，高的低的一排连地站着。许先生虽每天画，但那像是一条接连不断的线，不过从低处到高处，从高处到低处，这高峰越高越不好，也就是鲁迅先生的热度越高了。

来看鲁迅先生的人，多半都不到楼上来了，为的请鲁迅先生好好地静养，所以把客人这些事也推到许先生身上来了。还有书、报、信，都要许先生看过，必要的就告诉鲁迅先生，不十分必要的，就先把它放在一处放一放，等鲁迅先生好些了再取出来交给他。然而这家庭里边还有许多琐事，比方年老的娘姨病了，要请两天假；海婴的牙齿脱掉一个要到牙医那里去看过，但是带他去的人没有，又得许先生。海婴在幼稚园里读书，又是买铅笔，买皮球，还有临时出些个花头，跑上楼来了，说要吃什么花生糖，什么牛奶糖。他上楼来是一边跑着一边喊着，许先生连忙拉住了他，拉他下了楼才跟他讲："爸爸病啦。"而后拿出钱来，嘱咐好了娘姨，只买几块糖而不准让他格外地多买。收电灯费的来了，在楼下一打门，许先生就得赶快往楼下跑，怕的是再多打几下，就要惊醒了鲁迅先生。

海婴最喜欢听讲故事，这也是无限的麻烦。许先生除了陪海婴讲故事之外，还要在长桌上偷一点工夫来看鲁迅先生为有病耽搁下来尚未校完的校样。

在这期间，许先生比鲁迅先生更要担当一切了。

鲁迅先生吃饭，是在楼上单开一桌，那仅仅是一个方木桌，许先生每餐亲手端到楼上去，每样都用小吃碟盛着。那小吃碟直径不过二寸，一碟豌豆苗或菠菜或苋菜，把黄花鱼或者鸡之类也放在小碟里端上楼去。若是鸡，那鸡也是全鸡身上最好的一块地方拣下来的肉；若是鱼，也是鱼身上最好一部分，许先生才把它拣下放在小碟里。

许先生用筷子来回地翻着楼下的饭桌上菜碗里的东西，菜拣嫩的，不要茎，只要叶；鱼肉之类，拣烧得软的，没有骨头没有刺的。

心里存着无限的期望，无限的要求，用了比祈祷更虔诚的目光，许先生看着她自己手里选的精精致致的菜盘子，而后脚板触了楼梯上了楼。

希望鲁迅先生多吃一口,多动一动筷,多喝一口鸡汤。鸡汤和牛奶是医生所嘱的,一定要多吃一些的。

把饭送上去,有时许先生陪在旁边,有时走下楼来又做些别的事,半个钟头之后,到楼上去取这盘子。这盘子装得满满的,有时竟照原样一动也没有动又端下来了,这时候许先生的眉头微微地皱了一点。旁边若有什么朋友,许先生就说:"周先生的热度高,什么也吃不落,连茶也不愿意吃,人很苦,人很吃力。"

有一天许先生用波浪式的专门切面包的刀切着面包,是在客厅后边方桌上切的,许先生一边切着一边对我说:

"劝周先生多吃东西,周先生说,人好了再保养,现在勉强吃也是没有用的。"

许先生接着似乎问着我:"这也是对的?"而后把牛奶面包送上楼去了。一碗烧好的鸡汤,从方盘里许先生把它端出来了,就摆在客厅后的方桌上。许先生上楼去了,那碗热的鸡汤在方桌上自己悠然地冒着热气。

许先生由楼上回来还说呢:

"周先生平常就不喜欢吃汤之类,在病里,更勉强不下了。"

许先生似乎安慰着自己似的。

"周先生人犟,喜欢吃硬的、油炸的,就是吃饭也喜欢吃硬饭……"

许先生楼上楼下地跑,呼吸有些不平静,坐在她旁边,似乎可以听到她心脏的跳动。

鲁迅先生开始独桌吃饭以后,客人多半不上楼来了,经许先生婉言地把鲁迅先生健康的经过报告了之后就走了。

鲁迅先生在楼上一天一天地睡下去，睡了许多日子，都寂寞了，有时大概热度低了点就问许先生：

"什么人来过吗？"

看鲁迅先生好些，（许先生）就一一地报告过。

有时也问到有什么刊物来吗？

鲁迅先生病了一个多月了。

证明了鲁迅先生是肺病，并且是胸膜炎，须藤老医生每天来了，为鲁迅先生把胸膜积水用打针的方法抽净，共抽过两三次。

这样的病，为什么鲁迅先生一点也不晓得呢？许先生说，周先生有时觉得肋痛了就自己忍着不说，所以连她也不知道。鲁迅先生怕别人晓得了又要不放心，又要看医生，医生一定又要说休息。鲁迅先生自己知道做不到的。

福民医院美国医生的检查，说鲁迅先生肺病已经二十年了。这次发了怕是很严重。

医生规定个日子，请鲁迅先生到福民医院去详细检查，要照 X 光的。但鲁迅先生当时就下楼是下不得的，又过了许多天，鲁迅先生到福民医院去检查病去了。照 X 光后给鲁迅先生照了一个全部的肺部的照片。

这照片取来的那天许先生在楼下给大家看了，右肺的上尖是黑的，中部也黑了一块，左肺的下半部都不大好，而沿着左肺的边边黑了一大圈。

这之后，鲁迅先生的热度仍高，若再这样热度不退，就很难抵抗了。

那查病的美国医生只查病而不给药吃，他相信药是没有用的。

须藤老医生,鲁迅先生早就认识,所以每天来,他给鲁迅先生吃了些退热药,还吃停止肺病菌活动的药。他说若肺不再坏下去,就停止在这里,热自然就退了,人是不危险的。

在楼下的客厅里,许先生哭了。许先生手里拿着一团毛线,那是海婴的毛线衣拆了洗过之后又团起来的。

鲁迅先生在无欲望状态中,什么也不吃,什么也不想,睡觉似睡非睡的。

天气热起来了,客厅的门窗都打开着,阳光跳跃在门外的花园里。麻雀来了停在夹竹桃上叫了三两声就飞去,院子里的小孩们唧唧喳喳地玩耍着,风吹进来好像带着热气,扑到人的身上。天气刚刚发芽的春天,变为夏天了。

楼上老医生和鲁迅先生谈话的声音隐约可以听到。

楼下又来客人,来的人总要问:

"周先生好一点吗?"

许先生照常说:"还是那样子。"

但今天说了眼泪又流了满脸。一边拿起杯子来给客人倒茶,一边用左手拿着手帕按着鼻子。

客人问:

"周先生又不大好吗?"

许先生说:

"没有的,是我心窄。"

过了一会儿鲁迅先生要找什么东西,喊许先生上楼去,许先生连忙擦着眼睛,想说她不上楼的,但左右看了一看,没有人能代替了她,于是带着她那团还没有缠完的毛线球上楼去了。

楼上坐着老医生，还有两位探望鲁迅先生的客人。许先生一看了他们就自己低了头不好意思地笑了，她不敢到鲁迅先生的面前去，背转着身问鲁迅先生要什么呢，而后又是慌忙地把线缕挂在手上缠了起来。

一直到送老医生下楼，许先生都是把背向着鲁迅先生而站着的。

每次老医生走，许先生都是替老医生提着皮包送到前门外的。许先生愉快地、沉静地带着笑容打开铁门闩，很恭敬地把皮包交给老医生，眼看着老医生走了才进来关了门。

这老医生出入在鲁迅先生的家里，连老娘姨对他都是尊敬的，医生从楼上下来时，娘姨若在楼梯的半道，赶快下来躲开，站到楼梯的旁边。有一天老娘姨端着一个杯子上楼，楼上医生和许先生一道下来了，那老娘姨躲闪不灵，急得把杯里的茶都颠出来了。等医生走过去，已经走出了前门，老娘姨还在那里呆呆地望着。

"周先生好了点吧？"

有一天许先生不在家，我问着老娘姨。她说：

"谁晓得，医生天天看过了不声不响地就走了。"

可见老娘姨对医生每天是怀着期望的眼光看着他的。

许先生很镇静，没有紊乱的神色，虽然说那天当着人哭过一次，但该做什么，仍是做什么。毛线该洗的已经洗了，晒的已经晒起，晒干了的随手就把它团起团子。

"海婴的毛线衣，每年拆一次，洗过之后再重打起。人一年一年地长，衣裳一年穿过，一年就小了。"在楼下陪着熟的客人，一边谈着，一边开始手里动着竹针。

这种事情许先生是偷空就做的，夏天就开始预备着冬天的，冬天就做夏天的。

许先生自己常常说:"我是无事忙。"

这话很客气,但忙是真的,每一餐饭,都好像没有安静地吃过。海婴一会儿要这个,要那个;若一有客人,上街临时买菜,下厨房煎炒还不说,就是摆到桌子上来,还要从菜碗里为着客人选好的夹过去。饭后又是吃水果,若吃苹果还要把皮削掉,若吃荸荠看客人削得慢而不好也要削了送给客人吃,那时鲁迅先生还没有生病。

许先生除了打毛线衣之外,还用机器缝衣裳,剪裁了许多件海婴的内衫裤在窗下缝。

因此许先生对自己忽略了,每天上下楼跑着,所穿的衣裳都是旧的,次数洗得太多,纽扣都洗脱了,也磨破了,都是几年前的旧衣裳。春天时许先生穿了一个紫红宁绸袍子,那料子是海婴在婴孩时候别人送给海婴做被子的礼物。做被子,许先生说很可惜,就拣起来做一件袍子。正说着,海婴来了,许先生使眼色,且不要提到,若提到海婴又要麻烦起来了,一要说是他的,他就要要。

许先生冬天穿一双大棉鞋,是她自己做的。一直到二三月早晚冷时还穿着。

有一次我和许先生在小花园里拍一张照片,许先生说她的纽扣掉了,还拉着我站在她前边遮着她。

许先生买东西也总是到便宜的店铺去买,再不然,到减价的地方去买。

处处俭省,把俭省下来的钱,都印了书和印了画。

现在许先生在窗下缝着衣裳，机器声咯嗒咯嗒的，震着玻璃门有些颤抖。

窗外的黄昏，窗内许先生低着的头，楼上鲁迅先生的咳嗽声，都搅混在一起了，重续着、埋藏着力量。在痛苦中，在悲哀中，一种对于生的强烈的愿望和强烈的火焰那样坚定。

许先生的手指把捉了在缝的那张布片，头有时随着机器的力量低沉了一两下。许先生的面容是宁静的、庄严的，没有恐惧的，她坦荡地在使用着机器。

海婴在玩着一大堆黄色的小药瓶，用一个纸盒子盛着，端起来楼上楼下地跑。小药瓶向着阳光照是金色的，平放着是咖啡色的。他招集了小朋友来，他向他们展览，向他们夸耀，这种玩意只有他有而别人不能有。他说：

"这是爸爸打药针的药瓶，你们有吗？"

别人不能有，于是他拍着手骄傲地呼叫起来。

许先生一边招呼着他，不叫他喊，一边下楼来了。

"周先生好了些？"

见了许先生大家都是这样问的。

"还是那样子，"许先生说，随手抓起一个海婴的药瓶来，"这不是吗，这许多瓶子，每天打针，药瓶也积了一大堆。"

许先生一拿起那药瓶，海婴上来就要过去，很宝贵地赶快把那小瓶摆到纸盒里。

在长桌上摆着许先生自己亲手做的蒙着茶壶的棉罩子，从那蓝缎子的花罩下拿着茶壶倒着茶。

楼上楼下都是静的了，只有海婴快活地和小朋友们的吵嚷躲在太阳里跳荡。

海婴每晚临睡时必向爸爸妈妈说:"明朝会!"

有一天他站在上三楼去的楼梯口上喊着:

"爸爸,明朝会!"

鲁迅先生那时正病得沉重,喉咙里边似乎有痰,那回答的声音很小,海婴没有听到,于是他又喊:

"爸爸,明朝会!"

他等一等,听不到回答的声音,他就大声地连串地喊起来:

"爸爸,明朝会!爸爸,明朝会!……爸爸,明朝会……"

他的保姆在前边往楼上拖他,说是爸爸睡下了,不要喊了。可是他怎么能够听呢,仍旧喊。

这时鲁迅先生说"明朝会",还没有说出来喉咙里边就像有东西在那里堵塞着,声音无论如何放不大。到后来,鲁迅先生挣扎着把头抬起来才很大声地说出:

"明朝会,明朝会。"

说完了就咳嗽起来。

许先生被惊动得从楼下跑来了,不住地训斥着海婴。

海婴一边哭着一边上楼去了,嘴里唠叨着:

"爸爸是个聋人哪!"

鲁迅先生没有听到海婴的话,还在那里咳嗽着。

鲁迅先生在四月里,曾经好了一点,有一天下楼去赴一个约会,把衣裳穿得整整齐齐,手下夹着黑花布包袱,戴起帽子来,出门就走。

许先生在楼下正陪客人,看鲁迅先生下来了,赶快说:

"走不得吧,还是坐车子去吧。"

鲁迅先生说:"不要紧,走得动的。"

许先生再加以劝说,又去拿零钱给鲁迅先生带着。

鲁迅先生说不要不要,坚决地走了。

"鲁迅先生的脾气很刚强。"许先生无可奈何地,只说了这一句。

鲁迅先生晚上回来,热度增高了。

鲁迅先生说:

"坐车子实在麻烦,没有几步路,一走就到。还有,好久不出去,愿意走走……动一动就出毛病……还是动不得……"

病压服着鲁迅先生又躺下了。

七月里,鲁迅先生又好些。

药每天吃,记温度的表格照例每天好几次在那里画,老医生还是照常地来,说鲁迅先生就要好起来了。说肺部的菌已经停止了一大半,胸膜也好了。

客人来差不多都要到楼上来拜望拜望。鲁迅先生带着久病初愈的心情,又谈起话来,披了一张毛巾子坐在躺椅上,纸烟又拿在手里了,又谈翻译,又谈某刊物。

一个月没有上楼去,忽然上楼还有些心不安,我一进卧室的门,觉得站也没地方站,坐也不知坐在哪里。

许先生让我吃茶,我就依着桌子边站着。好像没有看见那茶杯似的。鲁迅先生大概看出我的不安来了,便说:

"人瘦了,这样瘦是不成的,要多吃点。"

鲁迅先生又在说玩笑话了。

"多吃就胖了,那么周先生为什么不多吃点?"

鲁迅先生听了这话就笑了,笑声是明朗的。

从七月以后鲁迅先生一天天地好起来了,牛奶、鸡汤之类,为了医生所嘱也隔三差五地吃着,人虽是瘦了,但精神是好的。

鲁迅先生说自己体质的本质是好的,若差一点的,就让病打倒了。

这一次鲁迅先生保持了很长时间,没有下楼更没有到外边去过。

在病中,鲁迅先生不看报,不看书,只是安静地躺着,但有一张小画是鲁迅先生放在床边上不断看着的。

那张画,鲁迅先生未生病时,和许多画一道拿给大家看过的,小得和纸烟包里抽出来的那画片差不多。那上边画着一个穿大长裙子、飞散着头发的女人在大风里边跑,在她旁边的地面上还有小小的红玫瑰的花朵。

记得是一张苏联某画家着色的木刻。

鲁迅先生有很多画,为什么只选了这张放在枕边。

许先生告诉我的,她也不知道鲁迅先生为什么常常看这小画。

有人来问他这样那样的,他说:

"你们自己学着做,若没有我呢?"

这一次鲁迅先生好了。

还有一样不同的,觉得做事要多做……

鲁迅先生以为自己好了,别人也以为鲁迅先生好了。

准备冬天要庆祝鲁迅先生工作三十年。

又过了三个月。

一九三六年十月十七日,鲁迅先生病又发了,又是气喘。

十七日，一夜未眠。

十八日，终日喘着。

十九日的下半夜，人衰弱到极点了。天将发白时，鲁迅先生就像他平日一样，工作完了，他休息了。

一九二九底愚昧

前一篇文章已经说过，一九二八年为着吉敦路的叫喊，我也叫喊过了。接着就是一九二九年。于是根据着那第一次的经验，我感觉到又是光荣的任务降落到我的头上来。

这是一次佩花大会，进行得很顺利，学校当局并没有加以阻止，而且那个白脸的女校长在我们用绒线剪作着小花朵的时候，她还跑过来站在旁边指导着我们。一大堆蓝色的盾牌完全整理好了的时候，是佩花大会的前一夜。楼窗下的石头道上落着那么厚的雪。一些外国人家的小房和房子旁边的枯树都膨胀圆了，那笨重而粗钝的轮廓就和穿得饱满的孩子一样臃肿。我背着远近的从各种颜色的窗帘透出来的灯光，而看着这些盾牌。盾牌上插着那些蓝色的小花，因着密度的关系，它们一个压着一个几乎是连成了排。那小小的黄色的花心蹲在蓝色花中央，好像小金点，又像小铜钉……

这不用说，对于我，我只盼想着明天，但有这一夜把我和明天隔离着,我是跳不过去的,还只得回到宿舍去睡觉。

这一次的佩花,我还对中国人起着不少的悲哀,他们差不多是绝对不肯佩上。有的已经为他们插在衣襟上了,他们又动手自己把它拔下来,他们一点礼节也不讲究,简直是蛮人!把花差不多是捏扁,弄得花心几乎是看不见了。结果不独整元的,竟连一个铜板也看不见贴在他们的手心上。这一天,我是带着愤怒的,但也跑得最快,我们一小队的其余的三个人,常常是和我脱离开。

我的手套跑丢了一只,围巾上结着冰花,因为眼泪和鼻涕随时地流,想用手帕来揩擦,在这样的时候,在我是绝对顾不到的。等我的头顶在冒着气的时候,我们的那一小队的人说:"你太热心啦,你看你的帽子已经被汗湿透啦!"

自己也觉得,我大概像是厨房里烤在炉旁的一张抹布那么冒气了吧?但还觉得不够。什么不够呢?那时候是不能够分析的。现在我想,一定是一九二八年游行和示威的时候,喊着"打倒日本帝国主义",而这回只是给别人插了一朵小花而没有喊"帝国主义"的缘故。

我们这一小队是两个男同学和两个女同学。男同学是第三中学的,一个大个儿,一个小个儿。那个小个儿的,在我看来,他的鼻子有点发歪。另一个女同学是我的同班,她胖,她笨,穿了一件闪亮的黑皮大衣,走起路来和鸭子似的,只是鸭子没有全黑的。等到急的时候,我又看她像一只猪。

"来呀!快点呀,好多,好多……"我几乎要说:好多买卖让你们给耽误了。

等他们跑上来,我把已经打成皱折、卷成一团的一元一元的钞票舒展开，放进用铁做的小箱子里去。那小箱子是在那个大个的男同学的胸前。小箱子一边接受这钞票，一边不安地在滚动。

"这是外国人的钱……这些完全是……是俄国人的……"往下我没有说，"外国人，外国人多么好哇，他们捐了钱去打他们本国为着'正义'！"

我走在行人道上，我的鞋底起着很高的冰锥，为着去追赶那个胖得好像行走的驼鸟似的俄国老太婆，我几乎有几次要滑倒。等我把钱接过来，她已经走得很远，我还站在那里看着她帽子上插着的那根颤抖着的大鸟毛，说不出是多么感激和多么佩服那黑色皮夹子因为开关而起的响声，那脸上因着微笑而起的皱折。那蓝色带着黄心的小花恰恰是插在她外衣的左领边上，而且还是我插的。不由得把自己也就高傲了起来。对于我们那小队的其余三个人，于是我就带着绝顶的侮蔑的眼光回头看着他们。他们是离得那么远，他们向我走来的时候并不跑，而还是慢慢地走，他们对于国家这样缺乏热情，使我实在没有理由把他们看成我的"同志"。他们称赞着我，说我热情，说我勇敢，说我最爱国。但我并不能够因为这个，使我的心对他们宽容一点。

"打苏联，打苏联……"这话就是这么简单，在我觉得十分不够，想要给添上一个"帝国主义"吧，但是从学联会发下来的就没有这一个口号。

那么，苏联为什么就应该打呢？又不是帝国主义。

这个我没有思索过，虽然这中苏事件的一开端我就亲眼看过。

苏联大使馆被检查，这事情的发生是六月或者是七月。夜晚并不热，我只记住天空是很黑的，对面跑来的马车，因为感觉上凉爽的关系,车夫台两边挂着的灯头就像发现在秋天树林子里的灯火一样。我们这女子中学每晚在九点钟的时候,有一百人以上的脚步必须经过大直街的东段跑到吉林街去。

我们的宿舍就在和大直街交叉着的那条吉林街上。

苏联大使馆也在吉林街上,隔着一条马路和我们的宿舍斜对着。

这天晚上,我们走到吉林街口就被拦住了。手电灯晃在这条街上,双轮的小卡车靠着街口停着好几辆,行人必得经过检查才能够通过。我们是经过了交涉才通过的。

苏联大使馆门前的卫兵没有了,从门口穿来穿往的人们,手中都拿着手电灯,他们行走得非常机械,忙乱地、不留心地用手电灯四处照着,以致行人道上的短杨树的叶子的闪光和玻璃似的一阵一阵的出现。大使馆楼顶那个圆形的里边闪着几个外国字母的电灯盘不见了,黑沉沉的楼顶上连红星旗子也看不见了,也许是被拔掉了,并且所有的楼窗好像埋下地窖那么昏黑。

关于苏联或者就叫俄国吧,虽然我的生地和它那么接近,但我怎么能够知道呢?我不知道。那还是在我小的时候,"买羌贴","买羌贴","羌贴"是旧俄的纸币(纸卢布)。邻居们买它,亲戚们也买它,而我的母亲好像买得最多。夜里她有时候不睡觉,一听门响,她就跑出去开门,而后就是那个老厨子咳嗽着,也许是提着用纱布做的过年的时候挂在门前的红灯笼,在厨房里他用什么东西打着他鞋底上结着的冰锥。他和母亲说的是什么呢?微小得像什么也没有说。厨房好像并没有人,只是那些冰锥从鞋底打落下的声音。我能够听得到,有时候他就把红灯笼也提进内房来,站在炕沿旁边的小箱子上,母亲赶快就去装一袋烟,母亲从来对于老厨子没有这样做过。不止装烟,我还看见了给他烫酒,给他切了几片腊肉放在小碟里。老厨子一边吃着腊肉,一边上唇的胡子流着水珠,母亲赶快在旁边拿了一块方手巾给他——我认识那方手巾就是我的,而后母亲说:

"天冷啊!三九天有胡子的年纪出门就是这手不容易。"

这一句话高于方才他们所说的那一大些话。什么"行市"啦,"涨"啦,"落"啦,应该"卖"啦吧!这些话我不知为什么他们说得那么严重而低小。

家里这些日子在我觉得好像闹鬼一样,灶王爷的香炉里整夜地烧着香。母亲夜里起来,洗手洗脸,半夜她还去再烧一次。有的时候,她还小声一个人在说着话,我问她的时候,她就说吟的是《金刚经》,而那香火的气味满屋子都是;并且她和父亲吵架,父亲骂她"受穷等不到天亮",母亲骂他"愚顽不灵"。因为买"羌贴"这件事情父亲始终是不成的。

父亲说:"皇党和穷党是俄国的事情,谁胜谁败我们怎能够知道!"而祖父就不那么说,他和老厨子一样:"那穷党啊!那是个胡子头,马粪蛋不进粪缸,走到哪儿不也还是个臭?"

有一夜,那老厨子回来了,并没有打鞋底的冰锥,也没有说话。母亲和他在厨房里都像被消灭一样,而后我以为我是听到哭声,赶快爬起来去看,并没有谁在哭,是老厨房的鼻头流着清水的缘故。他的灯笼并不放下,拖得很低,几乎灯笼底就落在地上,好像随时他都要走。母亲和逃跑似的跑到内房来,她就把脸伏在我的小枕头上,我的小枕头就被母亲占据了一夜。

第二天他们都说"穷党"上台了。

所以这次佩花大会,我无论做得怎样吃力,也觉得我是没有中心思想。"苏联"就是"苏联",它怎么就不是"帝国主义"呢?同时在我宣传的时候,就感到种种的困难。困难也照样做了。比方我向着一个"苦力"狂追过去,我拦断了他的行路,我把花给他,他不要,只是把几个铜板托在手心上,说:"先生,这花像我们做苦力的戴不得,我们这穿着,就是戴上也不好看,还是给别人去戴吧!"

还有比这个现在想起来使我脸皮更发烧的事情:我募捐竟募到了一分邮票和一盒火柴。那小烟纸店的老板无论如何摆脱不了我的缠绕之后,竟把一盒火柴摔在柜台上。火柴在柜台上哗啦啦地滚到我的旁边,我立刻替国家感到一种侮辱,并不把火柴收起来,照旧向他讲演,接着又捐给我一分邮票。我虽然像一个叫花子似的被人接待着,但在精神上我相信是绝对高的。火柴没有要,邮票到底收了。

我们的女校,到后来竟公开的领导我们,把一个苏联的也不知道是什么"子弟学校"给占过来,做我们的宿舍。那真阔气,和席子纹一样的拼花地板,玻璃窗子好像商店的窗子那么明朗。

在那时节我读着辛克来的《屠场》,本来非常苦闷,于是对于这本小说用了一百二十分的热情读下去的。在那么明朗的玻璃窗下读。因为起早到学校去读,路上时常遇到戒严期的兵士们的审问和刺刀的闪光。结果恰恰相反,这本小说和中苏战争同时启发着我,是越启发越坏的。

正在那时候,就是佩花大会上我们同组那个大个的、鼻子有点发歪的男同学还给我来一封信,说我勇敢,说我可钦佩,这样的女子他从前没有见过,而后是要和我交朋友。那时候我想不出什么理由来,现在想:他和我原来是一样浑蛋。

无　题

　　早晨一起来我就晓得我是住在湖边上了。

　　我对于这在雨天里的湖的感觉,虽然生疏,但并不像南方的朋友们到了北方,对于北方的风沙的迷漫,空气的干燥,大地的旷荡所起的那么不可动摇的厌恶和恐惧。由之于厌恶和恐惧,他们对于北方反而讴歌起来了。

　　沙土迷了他们的眼睛的时候,他们说:"伟大的风沙啊!"黄河地带的土层遮漫了他们的视野的时候,他们说那是无边的使他们不能相信那也是大地。迎着风走去,大风塞住他们的呼吸的时候,他们说:"这……这……这……"他们说不出来了,北方对于他们的讴歌也伟大到不能够容许了。

　　但,风一停住,他们的眼睛能够睁开的时候,他们仍旧是看,而嘴也就仍旧是说。

　　有一次我忽然感到是被侮辱着了,那位一路上对大风讴歌的朋友,一边擦着被风沙伤痛了的眼睛一边问着我:

　　"你们家乡那边就终年这样?"

　　"哪里!哪里!我们那边冬天是白雪,夏天是云、雨、蓝天和绿树……只是春天有几次大风,因为大风是季节的症候,所以人们也爱它。"是往山西去的路上,我就指着火车外边所有的黄土层,"在我们家乡那边都是平原,夏天是青的,冬天是白的,春天大地被太阳蒸发着,好像冒烟一样从冬天活过来了,而秋天收割。"而我看他似乎不很注意听的样子。

"东北还有不被采伐的煤矿,还有大森林……所以日本人……"

"唔!唔!"他完全没有注意听,他的拜佩完全是对着风沙和黄土。

我想这对于北方的讴歌就像对于原始的大兽的讴歌一样。

在西安和八路军残废兵是同院住着,所以朝夕所看到的都是他们。有一天我看到一个残废的女兵,我就向别人问:

"也是战斗员吗?"

那回答我的人也非常含混,他说也许是战斗员,也许是女救护员,也说不定。

等我再看那腋下支着两根木棍,同时摆荡着一只空裤管的女人的时候,但是看不见了。她被一堵墙遮没住,留给我的只是那两根使她每走一步,那两肩不得安宁的新从木匠手里制作出来的白白木棍。

我面向着日本帝国主义,我要讴歌了!就像南方的朋友们去到了北方,对于那终年走在风沙里的瘦驴子,由于同情而要讴歌它了。

但这只是一刻的心情,对于蛮的东西所遗留下来的痕迹,憎恶在我是会破坏了我的艺术的心意的。

那女兵将来也要做母亲的,孩子若问她:"妈妈为什么你少了一条腿呢?"

妈妈回答是日本帝国主义给切断的。

成为一个母亲,当孩子指问到她的残缺点的时候,无管这残缺是光荣过,还是耻辱过,对于做母亲的都一齐会成为灼伤的。

被合理所影响的事物,人们认为是没有力量的、弱的,或者也就被说成生命力已经被损害了的——所谓生命力不强的——比方屠格涅夫在作家里面,人们一提到他:"好是好的,但,但……"但怎么样呢?我就看到过很多对屠格涅夫摇头的人,这摇头是为什么呢?不能无所因。久了,同时也因为我对摇头的人过于琢磨的缘故,默默之中感到了,并且在我的灵感达到最高潮的时候,也就无恐惧起来。我就替摇头者们嚷着说:"他的生命力不强!"

屠格涅夫是合理的,幽美的,宁静的,正路的,他是从灵魂而后走到本能的作家。和他走同一道路的,还有法国的罗曼·罗兰。

别的作家们他们则不同,他们暴乱、邪狂、破碎,他们是先从本能出发或者一切从本能出发,而后走到灵魂。有慢慢走到灵魂的,也有永久走不到灵魂的,那永久走不到灵魂的,他就永久站在他的本能上喊着:"我的生命力强啊!我的生命力强啊!"

但不要听错了,这可并不是他自己对自己的惋惜。一方面是在骄傲着生命力弱的,另一面是在招呼那些尚在向灵魂出发的在半途上感到吃力,正停在树下冒汗的朋友们。

听他这一招呼,可见生命力强的也是孤独的。于是我这佩服之感也就不完整了。

偏偏给我看到的生命力顶强的是日本帝国主义。人家都说日本帝国主义野蛮，是兽类，是爬虫类，是没有血液的东西。完全荒谬的呀！

所以这南方上的风景，看起来是比北方的风沙愉快的。

同时那位南方的朋友对于北方的讴歌，我也并不是讽刺他。去把捉完全隔离的东西，不管谁，大概都被吓住的。我对于南方的鉴赏，因为我已经住了几年的缘故，初来到南方也是不可能。

放火者

从五月一号那天起，重庆就动了，在这个月份里，我们要纪念好几个日子，所以街上有多少人在游行，他们还准备着在夜里火炬游行。街上的人带着民族的信心，排成大队行列沉静地走着。

五三的中午日本飞机二十六架飞到重庆的上空，在人口最稠密的街道上投下燃烧弹和炸弹，那一天就有三条街起了带着硫黄气的火焰。

五四的那天，日本飞机又带了多量的炸弹，投到他们上次没有完全毁掉的街上和上次没可能毁掉的街道上。

大火的十天以后，那些断墙之下，瓦砾堆中仍冒着烟。人们走在街上用手帕掩着鼻子或者挂着口罩，因为有一种奇怪的气味满街散布着。那怪味并不十分浓厚，但随时都觉得吸得到，似乎每人都用过于细微的嗅觉存心嗅到那说不出的气味似的。就在十天以后发掘的人们,还在深厚的灰烬里寻出尸体来。断墙笔直的站着,在一群瓦砾当中,只有它那么高而又那么完整。设法拆掉它,拉倒它,但它站得非常坚强。段牌坊就站着这断墙,很远就可以听到几十人在喊着,好像拉着帆船的纤绳,又像抬着重物。

"哎呀……喔呵……哎呀……喔呵……"

走近了看到那里站着一队兵士,穿着绿色的衣裳,腰间挂着他们喝水的瓷杯,他们像出发到前线上去差不多。但他们手里挽着绳子的另一端,系在离他们很远的、单独的五六丈高,站着一动也不动的那断墙上。他们喊着口号一起拉它不倒,连歪斜也不歪斜,它坚强地站着。步行的人停下了,车子走慢了,走过去的人回头了,用一种坚强的眼光,人们看住了它。

被那声音招引着,我也回过头去看它,可是它不倒,连动也不动。我就看到了这大瓦场的近边,那高坡上仍旧站着被烤干了的小树。有谁能够认得出那是什么树,完全脱掉了叶子,并且变了颜色,好像是用赭色的石头雕成的。靠着小树那一排房子窗上的玻璃掉了,只有三五块碎片,在夕阳中闪着金光。走廊的门开着,一切可以看得到,门帘扯掉了,墙上的镜框在斜垂着。显然在不久之前,他们是在这儿好好地生活着,那墙壁日历上还露着四号的"四"字。

街道是哑默的,一切店铺关了门,在黑大的门扇上贴着白帖或红帖,上面坐着一个苍白着脸色的恐吓的人,用水盆子在洗刷着弄脏了的胶皮鞋、汗背心……毛巾之类,这东西是从火中抢救出来的。

被炸过了的街道,飞尘卷着白沫扫着稀少的行人,行人挂着口罩，或用帕子掩着鼻子。街是哑然的，许多人生存的街毁掉了，生活秩序被破坏了，饭馆关起了门。

大瓦砾场一个接着一个，前边是一群人在拉着断墙，这使人一看上去就要低了头。无论你心胸怎样宽大，但你的心不能不跳，因为那摆在你面前的是荒凉的，是横遭不测的。千百个母亲和小孩子是吼叫着的，哭号着的，他们嫩弱的生命在火里边挣扎着，生命和火在斗争，但最后生命给谋杀了。那曾经狂喊过的母亲的嘴，曾经乱舞过的父亲的胳膊，曾经发疯对着火的祖母的眼睛，曾经依然偎在妈妈怀里吃乳的婴儿，这些最后都被火给杀死了。孩子和母亲，祖父和孙儿，猫和狗，都同他们凉台上的花盆一道倒在火里了。这倒下来的全家，他们没有一个是战斗员。

白洋铁壶成串地仍在那烧了一半的房子里挂着，显然是一家洋铁制器店被毁了。洋铁店的后边，单独一座三楼三底的房子站着，它两边都倒下去了，只有它还歪歪扭扭地支持着，楼梯分做好几段自己躺下去了，横睡在楼脚上。窗子整张的没有了，门扇也看不见了，墙壁穿着大洞，像被打破了腹部的人那样可怕地、奇怪地站着。但那摆在二楼的木床，仍旧摆着，白色的床单还随着风飘着那只巾角，就在这二十个方丈大的火场上同时也有绳子在拉着一道断墙。

就在这火场的气味还没有停息，瓦砾还会烫手的时候，坐着飞机放火的日本人又要来了，这一天是五月十二号。

警报的笛子到处叫起，不论大街或深巷，不论听得到的、听不到的，不论加以防备的或是没有知觉的，都卷在这声浪里了。

那拉不倒的断墙也放手了，前一刻在街上走着的那一些行人，现在狂乱了，发疯了，开始跑了，开始喘着，还有拉着孩子的，还有拉着女人的，还有脸色变白的。街上像来了狂风一样，尘土都被这惊慌的人群带着声响卷起来了，沿街响着关窗和锁门的声音，街上什么也看不到，只看到跑。我想疯狂的日本法西斯刽子手们若看见这一刻的时候，他们一定会满足的吧，他们是何等可以骄傲呵，他们可以看见……

十几分钟之后，都安定下来了，该进防空洞的进去了，躲在墙根下的躲稳了。第二次警报（紧急警报）发了。

听得到一点声音，而越听越大。我就坐在公园石阶铁狮子附近，这铁狮子旁边坐着好几个老头，大概他们没有气力挤进防空洞去，而又跑也跑不远的缘故。

飞机的响声大起来，就有一个老头招呼着我：

"这边……到铁狮子下边来……"这话他并没有说，我想他是这个意思，因为他向我招手。

为了呼应他的亲切，我去了，蹲在他的旁边。后边高坡上的树，那树叶遮着头顶的天空，致使想看飞机不大方便，但在树叶的空间看到飞机了，六架，六架。飞来飞去的总是六架，不知道为什么高射炮也未发，也不投弹。

穿蓝布衣裳的老头问我："看见了吗？几架？"

我说："六架。"

"向我们这边飞……"

"不，离我们很远。"

我说瞎话，我知道他很害怕，因为他刚说过了："我们坐在这儿的都是善人，看面色没有做过恶事，我们良心都是正的……

死不了的。"

大批的飞机在头上飞过了,那里三架三架的集着小堆,这些小堆在空中横排着,飞得不算顶高,一共四十几架。高射炮一串一串的发着,红色和黄色的火球像一条长绳似的扯在公园的上空。

那老头向着另外的人而又向我说:

"看面色,我们都是没有做过恶的人,不带恶相,我们不会死……"

说着他就伏在地上了,他看不见飞机,他说他老了。大概他只能看见高射炮的连串的火球。

飞机像是低飞了似的,那声音沉重了,压下来了。守卫的宪兵喊了一声口令:"卧倒!"他自己也就挂着枪伏在水池子旁边了。四边的火光蹿起来,有沉重的爆击声,人们看见半天是红光。

公园在这一天并没有落弹。在两个钟头之后,我们离开公园的铁狮子,那个老头悲惨地向我点头,而且和我说了很多话。

下一次,五月二十五号那天,中央公园便炸了。水池子旁边连铁狮子都被炸碎了。在弹花飞溅时,那是混合着人的肢体,人的血,人的脑浆。这小小的公园,死了多少人?我不愿说出它的数目来,但我必须说出它的数目来——死伤×××人,而重庆在这一天,有多少人从此不会听见解除警报的声音了……

牙粉医病法

池田的袍子非常可笑,那么厚,那么圆,那么胖,而后又穿了一件单的短外套,那外套是工作服的样式,而且比袍子更宽。她说:

"这多么奇怪!"

我说:"这还不算奇怪,最奇怪的是你再穿了那件灰布的棉外套,街上的人看了不知要说你是做什么的,看袍子像太太、小姐,看外套像军人。"因为那棉外套是她借来的,是军用的衣服。她又穿了中国的长棉裤,又穿了中国的软底鞋。因为她是日本人,穿了道地的中国衣裳,是有点可笑。

"那就说你是从前线上退下来的好啦!并且说受了点伤。现在还没有完全好,所以穿了这样宽的衣裳。"

她笑了:"是的,是……就说日本兵在这边用刺刀刺了一个洞……"

她假装用刺刀在手腕上刺了一个洞的样子。

"刺了一个洞,又怎样呢?"我问。

"刺了一个洞而后一吹,就把人吹胖啦。"她又说,"中国老百姓,一定相信。因为一切坏事,一切奇怪的事,日本人都做得出来。"

就像小孩子说的怪话一样,她自己也笑,我也笑。她笑得连杯子都举不起来的样子。我和她是在吃茶。

"你觉得奇怪吗?这是没有的事吗?我的弟弟就被吹过……"

她一听我这话,笑得用了手巾揩着眼睛:

"怎么!怎么!"

"真的,真被吹过……"我这故事不能开展下去,她在不住地笑,笑得咳嗽起来。

"你听我告诉你,那是在肚子上,可不是像你说的在手上……用一个一手指长、一分粗的玻璃管,这玻璃管就从肚脐下边一寸的地方刺进去。玻璃管连着一条好几尺长的胶皮管,胶皮管的另一头有一个茶杯一般大的漏斗,从那个漏斗吹进一壶冷水去,后来死啦。"

"被吹死啦……"很不容易抑止的大笑,她又开始了。

其实是从漏斗把冷水灌进去的,因为肚子渐渐地大起来,看去好像是被气吹起来的一样。

我费了很大工夫给她解说:"我的弟弟患的是黑死病,并且全个县城都在死亡的恐怖中。那是一种特别的治法,在医学上这种灌水法并不存在。"我又告诉她,我写《生死场》的时候把这段写上,鲁迅看了都莫名其妙,鲁迅先生是研究过医学的。他说:

"在医学上可没有这样的治疗法。"

既然这样说,我就更奇怪了,鲁迅先生研究过医学是真的,我的弟弟被冷水灌死了也是真的。

我又告诉池田,说那医生是天主教党的医生,是英国人。

"你觉得外国人可靠的,那不对,中国真是殖民地,他们跑到中国来试验来啦，你想肚子灌冷水，那怎么可以？帝国主义除了枪刀之外，他们还作老百姓所看不见的……他们把中国人就看成他们试验室里的动物一样。三百个人通通用一样方法治疗，其中死了一百五，活了一百五，或是活了一百死了二百，也或者通通死掉啦！这个他们不管，他们把中国人看成动物一样……在他们自己的国家里，随便试验是不成的呀！"

我想，这也许吧！我的弟弟或者就是被试验死的。她的话，相信是相信了，因为她不懂得医学，所以我相信得并不十分确切。

"我告诉过你，我的父亲是军医，他到满洲去的时候，关于他在中国治病，写了很多日记。上边有德文，我在学德文时，我就拿他的日记看，上面写着关于黑死病，到满洲去试试看，用各种的药，用各种的方法试试看。"

"你想！这不是真的吗？还有啊，我父亲的朋友，每天到我们家来打麻将，他说到中国去治病很不费事，因为中国人有很多的他们还没有吃过药，所以吃一点药无论什么病都治。给他们一点牙粉吃，头痛也好啦，肚子痛也好啦……"

这真是奇事，我从未听说过，怎么我们中国人是常常吃牙粉的吗？

又从吃牙粉谈到吃人肉，日本兵杀死老百姓或士兵，用火烤着吃了的故事，报纸上常常看见。这个我也相信。池田说："日本兵吃女人的肉是可能的。他们把中国女人破坏之后，用刺刀杀死，一看女人的肉很白，很漂亮，用刺刀切下一块来，一定是几个人开玩笑，用火烤着吃一吃。因为他们今天活着，明天活不着他们不知道，将来什么时候回家也不知道，是一种变态心理……

老百姓大概是他们不吃，那很脏的，皮肤也是黑的……而且每天要杀死很多……"

关于日本兵吃人肉的故事，我也相信了。就像中国人相信外国医生比中国医生好一样。

池田是生在帝国主义的家庭里，所以她懂得他们比我们懂得的更多。我们一走出那个吃茶店，玻璃窗子前面坐着的两个小孩，正在唱着："杀掉鬼子们的头……"其实鬼子真正厉害的地方他们还不知道呢！

滑　竿

黄河边上的驴子，垂着头的，细腿的，穿着自己的破烂的毛皮的，它们划着无边苍老的旷野，如同枯树根又在人间活动了起来。

它们的眼睛永远为了遮天的沙土而垂着泪，鼻子的响声永远搅在黄色的大风里，那沙沙的足音，只有在黄昏以后，一切都停息了的时候才能听到。而四川的轿夫，同样会发出那沙沙的足音。下坡路，他们的腿轻捷得连他们自己也不能够止住，蹒跚地他们控制了这狭小的山路。他们的血液骄傲的跳动着，好像他们停止了呼吸，只听到草鞋触着石级的声音。在山涧中，在流泉中，在烟雾中，在凄惨的飞着细雨的斜坡上，他们喊着："左手！"

迎面走来的，担着草鞋的担子，背着青菜的孩子，牵着一条黄牛的老头，赶着三个小猪的女人，他们也都为着这下山的轿子让开路。因为他们走得快，就像流泉一样的，一刻也不能够止息。

一到拔坡的时候，他们的脚步声便不响了。迎面遇到来人的时候，他们喊着"左手"或"右手"的声音只有粗嘎，而一点也不强烈。因为他们开始喘息，他们的肺叶开始扩张，发出来好像风扇在他们的胸膛里扇起来的声音，那破片做的衣裳在吱吱响的轿子下面，有秩序的向左或向右的摆动。汗珠在头发梢上静静地站着，他们走得当心而出奇的慢，而轿子仍旧像要破碎了似的叫。像是迎着大风向前走，像是海船临靠岸时遇到了潮头一样困难。

他们并不是巨象，却发出来巨象呼喘似的声音。

早晨他们吃了一碗四个大铜板一碗的面，晚上再吃一碗，一天八个大铜板；甚或有一天不吃什么的，只要抽一点鸦片就可以。所以瘦弱苍白，有的像化石人似的，还有点透明。若让他们自己支持着自己都有点奇怪，他们随时要倒下来的样子。

可是来往上下山的人，却担在他们的肩上。

有一次我偶尔和他们谈起做爆竹的方法来，其中的一个轿夫，不但晓得做爆竹的方法，还晓得做枪药的方法。他说用破军衣、破棉花、破军帽，加上火硝、硫黄，就可以做枪药。他还怕我不明白枪药，他又说：

"那就是做子弹。"

我就问他：

"你怎么晓得做子弹？"

他说他打过贺龙，在湖南。

"你那时候是当官吗？当兵吗？"

他说他当兵，还当过班长，打了两年。后来他问我：

"你晓得共党吗？打贺龙就是打共党。"

"我听说。"接着我问他，"你知道现在的共党已经编了八路军吗？"

"呵！这我还不知道。"

"也是打日本。"

"对呀！国家到了危难的时候，还自己打什么呢？一齐枪口对外。"他想了一下的样子，"也是归蒋委员长领导吗？"

"是的。"

这时候，前边的那个轿夫一声不响。轿杆在肩上，一会儿换换左手，一会儿又换换右手。后边的就接连着发了议论：

"小日本不可怕，就怕心不齐。中国人心齐，他就治不了。前几天飞机来炸，炸在朝天门。那好做啥子呀！飞机炸就占了中国？我们可不能讲和，讲和就白亡了国。日本人坏呀！日本人狠哪！报纸上去年没少画他们杀中国人的图。我们中国人抓住他们的俘虏，一律优待。可是说日本人也不都坏，说是不当兵不行，抓上船就载到中国来……"

"是的……老百姓也和中国老百姓一样好，就是日本军阀坏……"我回答他。

就快走上高坡了，一过了前边的石板桥，隔着这一个山头又看到另外的一个山头。云烟从那个山慢慢地沉落下来，沉落到山腰了，仍旧往下沉落，一道深灰色的，一道浅灰色的，大团的游丝似的缚着山腰，我的轿子要绕过那个有云烟的尖顶的山。两个轿夫都开始吃力了。我能够听得见的，是后边的这一个，喘息的声音又开始了。我一听到他的声音,就想起海上在呼喘着的活着的蛤蟆,因为他的声音就带着起伏、扩张、呼扇的感觉。他们脚下刷刷的声音,这时候没有了。伴着呼喘的是轿杆的竹子的鸣叫。坐在轿子上的人,随着他们沉重的脚步的起伏在一升一落的。在那么多的石级上,若有一个石级不留心踏滑了,连人带轿子要一齐滚下山涧去。

因为山上的路只有二尺多宽,遇到迎面而来的轿子,往往是彼此摩擦着走过。假若摩擦得厉害一点,谁若靠着山涧的一面,谁就要滚下山涧去。山峰在前边那么高,高得插进云霄似的。山壁有的地方挂着一条小小的流泉,这流泉从山顶上一直挂到深涧中,再从涧底流到另一面天地去,就是说,从山的这面又流到山的那面去了,同时流泉们发着唧铃铃的声音。山风阴森的浸着人的皮肤。这时候,真有点害怕,可是转头一看,在山涧的边上都挂着人,在乱草中,耙子的声音刷刷地响着。原来是女人和小孩子在集着野柴。

后边的轿夫说:

"共党编成了八路军,这我还不知道,整天忙生活……连报纸也不常看(他说过他在军队常看报纸)……整天忙生活对于国家就疏忽了……"

正是拔坡的时候,他的话和轿杆的声响搅在了一起。

对于滑竿,我想他俩的肩膀,本来是肩不起的,但也肩起了。本来不应该担在他们的肩上的,但他们也担起了,而在担不起时,他们就抽起大烟来担。所以我总以为抬着我的不是两个人,而像轻飘飘的两盏烟灯。在重庆的交通运转却是掌握在他们的肩膀上的,就如黄河北的驴子,垂着头的、细腿的,使马看不起的驴子,也转运着国家的军粮。

失眠之夜

为什么要失眠呢！烦躁、恶心、心跳、胆小，并且想要哭泣。我想想，也许就是故乡的思虑吧。

窗子外面的天空高远了，和白棉一样绵软的云彩低近了，吹来的风好像带点草原的气味，这就是说已经是秋天了。

在家乡那边，秋天最可爱：蓝天，蓝得有点发黑，白云就像银子做成一样，就像白色的大花朵似的点缀在天上；就又像沉重得快要脱离开天空而坠了下来似的，而那天空就越显得高了，高得再没有那么高的。

昨天，我到朋友们的地方走了一遭，听来了好多的心愿——那许多心愿综合起来，又都是一个心愿——这回若真的打回满洲去，有的说，煮一锅高粱米粥喝；有的说，咱家那地豆多么大！说着就用手比量着，这么碗大——珍珠米，老的一煮就开了花的，一尺来长的；还有的说，高粱米粥、咸盐豆；还有的说，若真的打回满洲去，三天二夜不吃饭，打着大旗往家跑。跑到家去自然也免不了先吃高粱米粥或咸盐豆。

比方高粱米那东西，平常我就不愿吃，很硬，有点发涩（也许因为我有胃病的关系），可是经他们这一说，也觉得非吃不可了。

但是什么时候吃呢？那我就不知道了。而况我到底是不怎样热烈的，所以关于这一方面，我终究不怎样亲切。

但我想我们那门前的高草，我想我们那后园里开着的茄子的紫色的小花，黄瓜爬上了架。而那清早，朝阳带着露珠一齐来了！

我一说到高草或黄瓜，三郎就向我摆手或摇头："不，我们家门前是两棵柳树，树荫交织着做成门形。再前面是菜园，过了菜园就是门。那金字塔形的山峰正向着我们家的门口，而两边像蝙蝠的翅膀似的向着村子的东方和西方伸展开去。而后园黄瓜、茄子也种着，最好看的是牵牛花在石头桥的缝际爬遍了，早晨带着露水牵牛花开了……"

"我们家就不这样，没有高山，也没有柳树……只有……"我常常这样打断他。

有时候，他也不等我说完，他就接下去。我们讲的故事，彼此都好像是讲给自己听，而不是为着对方。

只有那么一天，买来了一张《东北富源图》挂在墙上了，染着黄色的平原上站着小马、小羊，还有骆驼，还有牵着骆驼的小人；海上就是些小鱼、大鱼、黄色的鱼，红色的好像小瓶似的大肚的鱼，还有黑色的大鲸鱼；而兴安岭和辽宁一带画着许多和海涛似的绿色的山脉。

他的家就在离着渤海不远的山脉中，他的指甲在山脉上爬着："这是大凌河……这是小凌河……哼……没有，这个地图是个不完全的，是个略图……"

"好哇！天天说凌河，哪有凌河呢！"我不知为什么一提到家乡，常常愿意给他扫兴一点。

"你不相信！我给你看。"他去翻他的书橱去了，"这不是大凌河……小凌河……小孩的时候在凌河沿上捉小鱼，拿到山上去，在石头上用火烤着吃……这边就是沈家台，离我们家二里路……"因为是把地图摊在地板上看的缘故，一面说着，他一面用手扫着他已经垂在前额的发梢。

《东北富源图》就挂在床头，所以第二天早晨，我一张开了眼睛，他就抓住了我的手。

"我想将来我回家的时候，先买两匹驴，一匹你骑着，一匹我骑着……先到我姑姑家，再到我姐姐家……顺便也许看看我的舅舅去……我姐姐很爱我……她出嫁以后，每回来一次就哭一次，姐姐一哭，我也哭……这有七八年不见了！也都老了。"

那地图上的小鱼，红的、黑的都能够看清。我一边看着，一边听着，这一次我没有打断他，或给他扫一点兴。

"买黑色的驴，挂着铃子，走起来……当嘟嘟当嘟嘟……"他形容着铃音的时候，就像他的嘴里边含着铃子似的在响。

"我带你到沈家台去赶集。那赶集的日子，热闹！驴身上挂着烧酒瓶……我们那边，羊肉非常便宜……羊肉炖片粉……真有味道！哎呀！这有多少年没吃那羊肉啦！"他的眉毛和额头上起着很多皱纹。

我在大镜子里边看了他，他的手从我的手上抽回去，放在他自己的胸上，而后又背着放在枕头下面去。但很快地又抽出来，只理一理他自己的发梢又放在枕头上去。而我，我想：

"你们家对于外来的所谓'媳妇'也一样吗？"我想着这样说了。

这失眠大概也许不是因为这个。但买驴子的买驴子，吃咸盐豆的吃咸盐豆，而我呢？坐在驴子上，所去的仍是生疏的地方，我停着的仍然是别人的家乡。

家乡这个观念，在我本不甚切的，但当别人说起来的时候，我也就心慌了！虽然那块土地在没有成为日本的之前，"家"在我就等于没有了。

这失眠一直继续到黎明之前，在高射炮的声中，我也听到了一声声和家乡一样地震抖在原野上的鸡鸣。